Thommie Bayer
Seltene Affären

AF217408

PIPER

Zu diesem Buch

Peter Vorden führt sein Feinschmeckerrestaurant mit routinierter Professionalität, seine Leidenschaft aber gehört dem Geschichtenerzählen. Denn am Wochenende schreibt er für seinen erfolgreichen Bruder Paul, den Schriftsteller, dem er damit immer wieder aus der Klemme hilft. Paul ist sein Zwillingsbruder und hat vor vielen Jahren Anne geheiratet, die einzige Frau, an der Peter je ernsthaft Interesse hatte. Seither lebt Peter mit Affären – und ahnt doch, dass er diesen großen Konflikt endlich lösen muss ...

Thommie Bayer, 1953 geboren, gehört zu den namhaftesten Autoren der deutschen Literatur. Sein Roman »Eine kurze Geschichte vom Glück« war für den Deutschen Buchpreis nominiert, neben vielen anderen fanden seine Bücher »Fallers große Liebe« und »Das innere Ausland« bei Publikum und Presse große Aufmerksamkeit. Zuletzt erschien bei Piper »Sieben Tage Sommer«.

Thommie Bayer

Seltene Affären

Roman

Mehr über unsere Autorinnen, Autoren und Bücher:
www.piper.de

Von Thommie Bayer liegen im Piper Verlag vor:
Eine Überdosis Liebe
Spatz in der Hand
Der Himmel fängt über dem Boden an
Einsam, zweisam, dreisam
Der langsame Tanz
Das Aquarium
Die gefährliche Frau
Singvogel
Eine kurze Geschichte vom Glück
Die frohe Botschaft abgestaubt
Aprilwetter
Fallers große Liebe
Heimweh nach dem Ort, an dem ich bin
Vier Arten, die Liebe zu vergessen
Die kurzen und die langen Jahre
Weißer Zug nach Süden
Seltene Affären
Das innere Ausland
Das Glück meiner Mutter
Sieben Tage Sommer

Ungekürzte Taschenbuchausgabe
ISBN 978-3-492-31175-5
1. Auflage Januar 2018
3. Auflage Januar 2023
© Piper Verlag GmbH, München 2016
Umschlaggestaltung: Kornelia Rumberg
Umschlagabbildung: Schiesswohl / plainpicture
Satz: Satz für Satz, Wangen im Allgäu
Gesetzt aus Bembo
Druck und Bindung: CPI books GmbH, Leck
Printed in the EU

Für Jone

You and me sunday driving,
not arriving on our way back home ...

1

In der Kurve, die ich immer mit Schwung nehme, war auf einmal dieser Roller vor mir, und ich musste bremsen, um die junge Frau darauf nicht ins Gebüsch zu schleudern. Sie trug Jeans und ein dunkelblaues Sweatshirt, keinen Helm, den hatte sie auf das Trittbrett gelegt. Die Straße ist eng an dieser Stelle, ich würde erst oben in der nächsten Biegung an ihr vorbeikommen, also schlich ich im ersten Gang hinter ihr her und sah mir als Entschädigung für die erzwungene Trödelei ihren Hintern an.

Ein Hintern auf einem Roller ist nicht direkt abendfüllend, aber die Büsche links und rechts des Hohlwegs kannte ich, der Roller war uninteressant – was blieb mir anderes übrig, als die Frau zu betrachten, die da scheu und souverän zugleich den Berg emportuckerte – so langsam, dass nicht einmal ihr glattes dunkles Haar sich in irgendeinem Fahrtwind bewegen konnte.

Als ich endlich oben war und an ihr vorbeizog, warf ich einen Blick auf ihr Gesicht im Rückspiegel und fand sie hübsch.

Ich ließ mein Haus rechts liegen und fuhr weiter zur

Wendeplatte, denn ich wollte an der Straße parken, mit der Nase in Richtung Abfahrt, und nicht auf meinem Vorplatz, aus dem ich nur rückwärts bergauf wieder herauskäme.

Sie war hinter mir hergefahren und bog jetzt vor mir ein, stellte den Roller vor meiner Tür ab und nahm einen Schlüssel aus ihrer Tasche, schloss auf, ging hinein, und ich ließ den Wagen wieder abwärtsrollen, weil ich begriff, dass sie die Vertretung meiner Putzfrau sein musste. Ich wollte ihr nicht begegnen.

Es gibt Momente, da ist mir nicht nach Reden und dessen Vermeidung jeden Umweg wert. Na ja, nicht jeden vielleicht, aber ich steuere mich dann aktiv an allen Small-Talk-Gefahren vorbei, täusche Eile oder Zerstreutheit vor oder starre so verbissen auf mein Handy, dass niemand es wagt, mich anzusprechen. Mag sein, dass mich das manchen Leuten unsympathisch macht, aber das ist eine Frage des Timings. Ich bin von Montag bis Donnerstag sympathisch und Freitag bis Sonntag eben nicht.

Mit dem Timing war es diesmal allerdings nicht zu erklären, es hatte mit dem Ort zu tun. Die hübsche Putzfrau fuhr an einem Dienstag vor mir her, aber ich bin Montag bis Donnerstag eigentlich nicht zu Hause. An diesem Tag wollte ich nur schnell einen USB-Stick holen, der in der falschen Jackentasche steckte und auf dem ich allerlei Recherchen gespeichert hatte, die ich am nächsten Vormittag durchgehen wollte.

Ich fuhr also unverrichteter Dinge zurück nach Luxeuil-les-Bains, nahm die südliche Strecke über Mulhouse, Belfort und Lure zu meinem Arbeitsplatz unter der Woche, einer Villa mit Park mitten in der Stadt, in deren Erdgeschoss ich mit meinen Partnern George und Magali ein Restaurant betreibe.

»Arbeitsplatz« ist eigentlich das falsche Wort, ich bin dort nur anwesend. Eine Art Grüßaugust. Ich spiele den Wirt, gehe durch den Gastraum, setze mich bei Leuten, die sich für bedeutend halten, kurz an den Tisch und gebe allen das Gefühl, sie könnten sich jederzeit an mich wenden, wenn sie ein Problem hätten. Das tun sie dann meistens nicht – von einigen Wichtigtuern und Ehebrechern abgesehen, die ihre neue Geliebte damit beeindrucken wollen, dass man ihnen die Wünsche von den Augen abliest –, das Angebot reicht meistens aus, und nur die aufgeblasenen Nullen nehmen es tatsächlich wahr.

Diese »Arbeit« wird von Freitag bis Sonntag, in der wichtigeren Zeit also, in der unsere Tische alle vorbestellt sind, von Magali gemacht. Sie ist eine beiläufige Schönheit und sorgt mit ihrem bourgeoisen Charme für eine Menge treuer Gäste.

Was immer sonst noch für den Erfolg unseres Unternehmens gebraucht wird, bringt George mit seinem Organisationstalent und kaufmännischen Geschick ein. Als wir uns zusammentaten, war er der Mann mit den Fähigkeiten, und ich der mit dem Geld.

An der Mautstelle Burnhaupt, als ich meine Karte in den Automaten schob, wurde mir bewusst, wie absurd ich mich wieder mal verhielt: Ich fuhr hundertfünfzig Kilometer, um einen USB-Stick zu holen, und dann ohne dieses Ding zurück, weil jemand, den ich nicht kannte und der mich nichts anging, in meiner Wohnung war. Erklären konnte ich das niemandem.

Das musste ich auch nicht, denn ich lebe allein. Mein Bruder hat die Frau geheiratet, die als Einzige für mich infrage kam.

~

Mein Parkplatz im Garten war von einem der Gäste okkupiert, und ich musste meinen Wagen draußen an der Straße abstellen und durch den seit Lure anhaltenden Regen zur Villa hasten. Der Mittagsbetrieb lief gerade erst an, also ließ ich mir Zeit in meiner kleinen Wohnung im Obergeschoss, um die Haare zu frottieren und ein trockenes Jackett anzuziehen, bevor ich in den Gastraum ging und meine Runde machte.

Am schönsten Tisch, von dem aus man durch ein fast bodentiefes Erkerfenster in den Park schauen kann, saßen zwei Militärs, ein Colonel und ein Capitaine der Finanzverwaltung, und zwei Zivilisten, aus deren Benehmen und Haltung ich schon auf dem Weg zum Tisch geschlossen hatte, wer Chef und wer Assistent war. Das habe ich im Laufe der Jahre gelernt: Die Aufmerksamkeit zeigt den Rang, wenn man keine Schulterklappen mit Symbolen oder unterschiedlich teure Anzüge hat – der Assistent wandte sich alle paar Sekunden zum Chef, der ihn seinerseits jedoch keines Blickes würdigte.

Die Aperitifs waren geleert, die Amuse-Gueules verzehrt oder zur Seite geschoben, und als ich mein Sprüchlein aufgesagt hatte, dass ich hoffte, sie fühlten sich wohl, und sie sich, falls irgendetwas nicht zu ihrer Zufriedenheit sei, bitte an mich wenden sollten, sah ich die beiden Frauen vom Service schon mit den Vorspeisen bereitstehen und zog mich zurück.

Der Chef, wohl ein Bauunternehmer oder Händler, der den Militärs einen Auftrag abluchsen wollte, hatte auch an mich keinen Blick verschwendet, also wappnete ich mich innerlich für seine sicherlich bald erfolgende Reklamation. Die Consommé würde zu kalt oder zu warm oder am Lachs zu viel Dill sein. Solche Typen brauchen das.

Ich ging in den Vorraum und machte mit Bleistift im

Reservierungsbuch einen kleinen Haken hinter seinen Namen. Am Wochenende käme dieser Name auf eine kurze Liste, und das nächste Mal, wenn er reservieren wollte, würden wir leider keinen Platz mehr haben.

Magali hatte das ganz am Anfang so vorgeschlagen, und wir waren gut gefahren mit dieser rigiden, aber unauffälligen Ausgrenzungsmethode. Auf diese Weise erhielten wir uns den Stil, der, neben der Qualität des Essens und der Weine, unser Markenzeichen ist: familiär, freundlich, entspannt und ohne Getue. Zu diesem Stil gehören zwei Parteien. Der Service verliert seine Herzlichkeit, wenn die Gäste nicht ebenso herzlich sind. Zum Glück konnten wir uns das leisten.

Ich setzte mich in das Büro im Erdgeschoss, das eigentlich mehr ein Aufenthaltsraum für Magali oder mich ist, aus dem wir schnell auftauchen können, wenn wir tatsächlich mal gebraucht werden, las Zeitung auf meinem Laptop und trank einen Espresso, bis der Mittagsbetrieb vorbei war.

Ich musste das Häkchen später wieder ausradieren. Der Mann hatte nicht nur keinen Mucks gemacht, sondern auch noch ein ausgezeichnetes Trinkgeld gegeben, das erzählte mir Javier, unser Oberkellner, als ich ihn beiläufig nach den Herrschaften am schönen Tisch fragte. Ich sollte mir meiner Menschenkenntnis nicht allzu sicher sein, dachte ich, klappte meinen Laptop zu und ging nach oben, um mich hinzulegen.

~

Die Tage in Luxeuil bringe ich meist mit leerem Kopf hinter mich, und vielleicht kommt es mir deshalb so vor, als vergingen sie schneller. Montagmittag bis Donnerstagnacht verfliegen mit schwimmen, schlafen, essen, die

Gäste begrüßen, die Gäste verabschieden, abends einem Glas Wein mit George oder Magali oder beiden und wieder schlafen. Ganz selten mal muss ich vermitteln, wenn George sich mit unserem Koch anlegt, was aber nur zwei- oder dreimal im Jahr geschieht. Er ließe es besser bleiben, denn Melih, der Koch, ist ein Hitzkopf und Diktator wie so viele seiner Zunft, und der kleinste Vorschlag, wie er etwas anders machen könnte, ist für ihn Majestätsbeleidigung, die er mit einer Art Generalmobilmachung quittiert.

Zum Glück gelingt es uns, die Küche, in der meist Drama, Hektik oder zumindest miese Stimmung herrschen, so von den Gästen abzuschotten, dass der Eindruck heiterer Gelassenheit nicht gestört wird. Die Küche ist im Untergeschoss und kommuniziert mit dem Service per Sprechanlage und Speiseaufzug.

Spricht Melih mit den Gästen, dann ist er wie ausgewechselt. Charmant, bescheiden und auf eine unprätentiöse Art eloquent, kein Mensch käme auf die Idee, dass er seine Leute derart schikaniert, dass kaum einer es länger als ein paar Monate bei uns aushält. Wir zahlen schon über Tarif, aber Melih sorgt für ständigen Wechsel. Ich versuche, ihm so selten wie möglich über den Weg zu laufen.

2

Am Donnerstagnachmittag holte ich meine Sachen aus der Reinigung und legte sie in den Kofferraum, und kurz vor elf Uhr nachts, als die letzten Gäste gegangen waren, überließ ich Javier die Aufsicht über die letzten Tätigkeiten – Tischwäsche wechseln, Spülküche aufräumen, Licht ausmachen und abschließen – und fuhr los.

Ich hatte die Landstraße hinter mir und bog aus dem Kreisverkehr vor Lure auf die N19 ein, als mein Handy klingelte. Es war Paul, mein Bruder.

»Hast du vielleicht was in der Schublade, das zu Weihnachten passt?«

»Nicht direkt«, sagte ich, »aber man kann alles umschreiben. Weißt du doch am besten.«

»Dann genauer gefragt«, sagte er, »hast du was in der Schublade?«

»Ja.«

»Ich habe für eine Anthologie zugesagt und brauche elftausend Zeichen bis Mitte des Monats. Ich hab's vergessen, wollte dich immer fragen und hab's einfach vergessen.«

»Geht schon«, sagte ich, »wie findest du einen selbstgerechten Typen, der am Ende ordentlich was auf die Nase kriegt?«

»An Heiligabend zum Beispiel?«

»Warum nicht. Aber besser fände ich einfach in der Weihnachtszeit, nicht direkt an Heiligabend. Da kriegt jeder was auf die Nase, das ist ein Klischee.«

»Du bist der Kurzgeschichtler«, sagte er, »entscheide du. Wird sowieso gut.«

»Ich schick's dir Sonntag in einer Woche, okay?«

»Okay«, sagte er, »du bist super, ich liebe dich.«

»Reiner Narzissmus«, sagte ich, und er lachte. Das ist ein Running Gag zwischen uns beiden. Wir sind eineiige Zwillinge und quittieren jedes Lob vom anderen mit dem Verweis auf dessen eigene Eitelkeit.

Ich fragte ihn noch, wie er mit seinem Roman vorankomme, und er stöhnte und erklärte mir, er ersaufe in Recherchen und verliere noch die Figuren aus den Augen vor lauter Daten und Dingen und Zeitgeistnotizen, und er fürchte, den Abgabetermin im Februar nicht einhalten zu können, wenn das so weitergehe.

»Wird es nicht«, sagte ich, »du hast immer gestöhnt in der Phase und dann gejauchzt, wenn du alles beisammenhattest und losschreiben konntest.«

»Drück Daumen«, sagte er. »Trotzdem.«

»Mach ich«, sagte ich, und wir verabschiedeten uns mit dem Gruß, den wir seit unserer Jungmännerzeit verwenden. »Nieder mit den Alpen«, sagt einer, und der andere: »Freie Sicht aufs Mittelmeer.«

Wenn andere Leute dabei sind und uns hören könnten, lassen wir das natürlich bleiben. Dann sagen wir Tschüss oder Ciao wie jeder normale Mensch. Nur unter uns ist es die ewig gleiche Formel »Nieder mit den Alpen«.

Paul schreibt Romane. Damit ist er ziemlich erfolgreich, er kann davon leben, wenn man die Honorare für Lesungen und journalistische Arbeiten mit einrechnet. Dieses Privileg bezahlt er aber mit fast absurdem Fleiß. Er verbringt den weit überwiegenden Teil seines Lebens am Schreibtisch. Nur wenn er recherchiert oder auf Lesereise geht, bekommt er etwas anderes zu sehen als den Blick über Duden und Brockhaus hinweg auf die Fenster des gegenüberliegenden Hauses.

Irgendwann, als er wieder mal über Abgabetermine klagte, habe ich ihm vorgeschlagen, seine Anthologiebeiträge, meist Kurzgeschichten, manchmal aber auch Essays, für ihn zu entwerfen. Er brauche sie dann nur noch zu überarbeiten und seinem eigenen Ton anzugleichen, sagte ich, mir mache das Spaß und ihn entlaste es.

Er stimmte damals zwar nur zögerlich zu, war aber bald begeistert, als er merkte, wie viel Zeit er damit gewann, wie wenig er an meinen Entwürfen zu ändern brauchte und wie gut zuerst ihm selbst und später auch den Herausgebern die Geschichten gefielen. Die Honorare sind fast immer lächerlich, so lächerlich, dass ich deren Weitergabe an mich ablehne und wir übereingekommen sind, stattdessen damit eine gemeinsame Reise zu unternehmen.

Ich bin auf Geld nicht angewiesen, weil die eine und andere glückliche Wendung mich schon vor Jahren zu einem gut situierten Bürger gemacht hat.

Bevor ich George und Magali kennenlernte, führte ich eine Zeit lang das Leben eines Privatiers, reiste viel, las viel und wusste nicht, wozu ich auf der Welt war, also war mir die Abwechslung, mich als Zulieferer in der »Werkstatt« meines Bruders zu betätigen, sehr willkommen. Es machte mir tatsächlich Spaß, weil auf einmal aller Müßiggang seinen Sinn bekam. Beobachtungen, Erkenntnisse, Erlebnisse, alles war plötzlich von Nutzen, zumindest potenziell, und konnte in einer Geschichte aufleuchten. Es kam uns beiden zugute: Ich hatte Langeweile, und Paul konnte Hilfe gebrauchen.

Die Autobahn war angenehm leer. Ein paar Lastwagen, ein paar Pkws. Ich konnte dem eigentlich unangemessen starken Motor meines Mini so richtig Auslauf gewähren. Da ich die fest installierten Radarfallen inzwischen alle kannte, ging ich rechtzeitig vor ihnen auf die in Frankreich erlaubten Hundertdreißig herunter, um danach wieder mit Lichtgeschwindigkeit davonzuschießen. Mobile Radarfallen gibt es bei Nacht nicht. Auch französische Polizisten wollen schlafen.

Weniger als eine Stunde nach dem Telefonat mit meinem Bruder rollte ich über den knirschenden Kies meiner kleinen Auffahrt unters Dach des Carports.

~

Meine Wohnung nach vier Tagen Abwesenheit wieder zu betreten ist für mich immer, mal weniger, mal mehr, mit gemischten Gefühlen verbunden. Ich freue mich, endlich wieder in meine zweite Haut schlüpfen zu dürfen, und gleichzeitig wird mir bewusst, dass diese zweite Haut sich erst einmal ein wenig zu kalt anfühlt, sich vielleicht nicht wieder so anschmiegsam um mich legen lassen wird, sich verändert, mich vergessen oder sich von mir entfernt haben könnte. Das ist natürlich alles Unsinn, aber es ist eben der Unsinn, der mich anfliegt, wenn ich müde nachts die Tür aufschließe, meine Taschen mit Laptop und Wäsche in den Flur stelle und in jedem Zimmer Licht mache.

Eigentlich war ich schon müde, aber das Glas Wein, das ich mir jetzt einschenkte, hatte ich mir schon auf der Fahrt hierher vorgestellt, und außerdem bin ich ein Mensch, der seine Rituale liebt: Tür zu, Tasche abstellen, Wein aufmachen, mit dem Glas in der Hand durch alle Räume gehen und schauen, ob alles noch da ist.

Irgendetwas war anders an diesem Abend. Der Geruch natürlich, das war klar, das hatte ich erwartet – eine Wohnung riecht nach vier unbelebten Tagen fader und neutraler, das Essen, das ich koche, die Zigaretten, die ich rauche, der Kaffee, mein Rasierwasser, das alles hat sich dann verflüchtigt. Außerdem war die Putzfrau in meiner Abwesenheit hier gewesen, und es riecht noch ganz leicht nach den Mitteln, die sie benutzt hat. Zitronig und seifig und manchmal, wenn sie sich den Steinboden vorgenommen hat, auch nach Bittermandel.

Ich war oben in meinem Arbeitszimmer, schaltete den Computer ein, um mich vielleicht noch ein bisschen auf Facebook umzuschauen, hatte die Hand an der kleinen Steinfigur eines fahrenden Gesellen mit Hund und merkte, dass ich sie diesmal nicht zurechtrücken musste. Sie stand genau so, wie sie stehen sollte, in lockerer Reihe mit einer Taube, drei Zinnsoldaten, einer Glaskugel und einem Tintin aus Plastik, leicht abgewandt von dem Feuerzeug in Form eines Teddybären mit Latzhose, den Soldaten und der Taube zugewandt, als redeten die auf sie ein.

Ich rücke normalerweise fast alles in meinem Arbeitszimmer zuerst einmal wieder zurecht. Die Utensilien auf dem Schreibtisch genauso wie all die anekdotischen Figürchen, Spielzeuge, Mitbringsel und Kleinigkeiten der allerverschiedensten Art – wenn die Putzfrau unter der Woche sauber gemacht hat, stehen und liegen und lehnen sie anders da und haben aufgehört, miteinander zu kommunizieren.

In meinem Arbeitszimmer ist jede Freifläche bevölkert

mit Zitaten aus meinem bisherigen Leben, die sich auf den ersten Blick als Chaos darstellen, auf den zweiten und alle weiteren Blicke aber als Ordnung. Die natürlich nichts mit Akkuratesse zu tun hat, nichts steht in Reih und Glied, nicht einmal die Zinnsoldaten, es ist eine Ordnung, die sich als Zufall maskiert und all diese stummen Dinge durcheinanderplappern lässt. Nur für mein inneres Ohr natürlich.

Diesmal war nahezu alles am richtigen Platz. Ich schob, nach längerer Betrachtung, den kleinen Smart unter meinem Bildschirm ein Stückchen nach hinten und rollte ein Ei aus rotem Marmor etwas näher an den Rand der Ablage, in der sich die Rechnungen stapeln. Mehr nicht.

Zuerst dachte ich noch, die Putzfrau habe das Zimmer diesmal ausgelassen, aber der Papierkorb war leer, nirgends lag ein Körnchen Staub oder ein Krümel Asche, alles glänzte, der Boden, die Flächen, der Bildschirm – es war verblüffend.

Ich ging ins Bad und in die Küche, sah, dass auch dort genau das richtige geordnete Chaos herrschte, und war konsterniert, weil so etwas einfach nicht vorkommt. Jetzt fiel mir auch die junge Frau auf dem Roller wieder ein, deren Gesicht ich nur kurz im Rückspiegel und vor der Einfahrt zum Haus gesehen hatte. War sie vorher mit dem Handy durch die Zimmer gegangen und hatte Fotos gemacht? Oder war sie Autistin? Eine Sonderbegabung mit fotografischem Gedächtnis?

Ich schenkte mir noch ein Glas Wein ein, in der Hoffnung, das innere Autofahren möge aufhören, damit sich meine Müdigkeit nicht noch lange mit der nervös-alarmierten Aufmerksamkeit kabbeln musste, und ich inspizierte noch einmal alles, das Gewürzregal, den Waschtisch und das Arbeitszimmer. Alles lebendig. Alles richtig. Ein Wunder.

Ich versuchte, mir das Gesicht der Frau ins Gedächtnis zu rufen, aber den Hintern hatte ich länger betrachtet, und er war auch das einfachere Motiv, er schob sich immer wieder über das blasse Bild, das ich vor meinem inneren Auge entstehen lassen wollte.

Leonie Wildenhain, die Frau, die seit Jahren für mich putzte, eine blonde, fröhliche mit Pferdeschwanz und Lederjacke, war für ein paar Wochen in den USA und hatte mir per E-Mail eine Vertretung angekündigt, der sie absolut vertraue. Eine Freundin aus Italien. Und da ich ihr ebenso vertraute, hatte ich das gleich wieder vergessen.

Endlich war die Schnellfahr-Einstellung in meinem Gehirn zur Ruhe gekommen, und ich müde genug, um zu schlafen. Ich fuhr den Computer herunter, löschte die Lichter überall, putzte mir die Zähne, nahm einen frischen Pyjama aus dem Schrank und legte mich ins Bett.

~

Eine Hand lag auf meiner Hüfte. Es war wohl kühl in meinem Zimmer, wegen des offenen Fensters, denn die junge Frau, zu der die Hand gehörte, trug eine dunkle Jacke. Die Farbe konnte ich nicht erkennen, im Raum war nur das spärliche Licht der Straßenlaterne. Die Hand verursachte ein wohliges Surren auf meiner Haut, das ich von der Brust bis zum Knie spürte.

»Hallo«, sagte sie.

»Wie sind Sie hier hereingekommen?«, fragte ich, hatte dabei aber das Gefühl, die Frage sei dumm, weil ich vermutlich träumte und in Träumen so etwas wie ein Schloss oder eine Tür keine Rolle spielt.

»Natürlich träumen Sie, sonst könnte ich Sie doch nicht einfach so besuchen.«

»Wie haben Sie das geschafft, dass alles wieder genauso steht wie vorher?«

»Es stand vorher richtig und musste nachher auch wieder richtig stehen.«

»Ich habe mich sehr darüber gefreut. Danke.«

»Gern geschehen.«

»Ich kann leider kaum die Augen offen halten. Ich bin müde und muss schlafen. War ein langer Tag«, sagte ich.

»Ihre Augen sind nicht offen. Sie träumen mich.«

»Und Sie? Träumen Sie mich auch?«

»Das ist schwer zu erklären. Schlafen Sie gut.«

Sie nahm ihre Hand weg, und ich wachte auf. Das Wohlgefühl auf meiner Haut war noch da, ließ aber nach und legte sich ganz, als ich die Decke hochschlug und aufstand.

Ich schlafe nie durch. Mindestens einmal wache ich jede Nacht auf, gehe zum Kühlschrank und esse ein Stückchen Schokolade. Eine Tafel musste noch da sein. Ich lasse das kleine Depot nie ganz leer werden. Wenn die letzte Tafel angebrochen ist, kaufe ich nach.

Ich hatte auch früher schon Träume gehabt, in denen ich wusste, dass ich träume, aber daran, dass ich mich darüber auch noch mit einer geträumten Person ausgetauscht hätte, konnte ich mich nicht erinnern, das war neu. Vielleicht ist das eine Alterserscheinung, eine Form von langjähriger Erfahrung, dachte ich, wenn man so viele Träume geträumt hat, kann sich ja auch mal deren Art ändern. Und wenn man träumt, man sei wach, kann man auch träumen, man träume.

Ich wollte nicht richtig wach werden. Dieser Zwischenzustand gefiel mir, vielleicht würde ich gleich weiterträumen, ich sei wach gewesen und zum Kühlschrank gepilgert.

Und hätte dort keine Schokolade gefunden.

Das war bitter. Und eigentlich ausgeschlossen. Ich war mir sicher, letzten Sonntag noch eine Tafel gesehen zu haben. Die einzige logische Erklärung war, dass die Putzfrau sie aufgegessen hatte. Nicht okay.

Ich behalf mich mit einem schrumpeligen Apfel und stellte fest, dass mein Bild von der Frau, die mich eben noch so nett besucht hatte, einen Kratzer aufwies. Wenn sie mir die überlebensnotwendige Nachtarznei klaut, dann ist das mehr Übergriff, als ich zu erlauben bereit bin. Das geht nicht.

~

Am Morgen sah ich, dass ich das Fehlen der Schokolade nicht geträumt hatte, aber ich war schon nicht mehr ärgerlich darüber, sondern dachte mir allerlei Entschuldigungen aus. Ein Unterzuckerungsanfall, Heißhunger, Sternsinger, nein, Quatsch, nicht im Juni, was auch immer die Frau dazu gebracht haben mochte, die Schokolade zu nehmen, musste irgendeiner Art von Not gefolgt sein. Ich würde das Depot in Zukunft einfach nicht mehr so weit schrumpfen lassen, dann gäbe es keine nächtlichen Enttäuschungen mehr.

Mein morgendliches Ritual ist, mit Cappuccino und Zigarette am Fenster des Arbeitszimmers zu stehen, übers Rheintal hinweg nach Frankreich zu schauen und mich erst an den Computer zu setzen, nachdem ich einen Zug gesehen habe. Die Güterzüge sind unterbrochen und unregelmäßig, sie führen glänzende Tankwagen mit sich, bunte Container und rostige Lafetten, auf denen Autos oder Landmaschinen stehen, die Nahverkehrszüge sind rot und manchmal doppelstöckig, die Fernzüge weiß und schnell, und ich habe den Eindruck, als seien mehr von ihnen nach Süden unterwegs als nach Norden. Vermutlich stimmt das nicht, aber ich habe nicht mehr die Geduld für Statistik.

Als ich elf war und meine Eltern mich für die Sommerferien alleine, ohne Paul, zu meiner Großmutter abschoben, weil sie eine Reise nach Kanada machten, verbrachte ich die meiste Zeit am Fenster und schrieb jede Automarke auf, die vorbeikam, machte dann Striche dahinter, vier senkrecht, einen quer, und hatte am Abend eine saubere Verkehrszählung. Wäre Paul dabei gewesen, dann hätten wir unsere Tage im Schwimmbad oder im Wald verbracht, aber alleine fiel mir nichts Besseres ein, als, meist vergeblich, auf einen vorbeifahrenden Borgward oder Porsche zu warten. Auf der Liste standen die immer gleichen Opel, Volkswagen, Ford und DKW, selten mal ein NSU, eine Isetta oder ein Mercedes und noch seltener ein Fiat oder Renault.

Paul war in diesem Sommer bei der anderen Großmutter, und wir schrieben einander Briefe, in denen er mich Paul nannte und ich ihn Peter.

Diese Namen sind dem biederen Humor unseres Vaters geschuldet. Unsere Mutter hätte lieber einen Florian und einen Anselm gehabt, aber ihr Mann hatte sich, wie fast immer, durchgesetzt mit der apodiktischen Bemerkung: Dann sind wenigstens ihre Namen heilig, wenn schon sonst nichts an ihnen.

Ich beneidete Paul damals um seinen Namen, der war wenigstens selten zu dieser Zeit. Peter gab es wie Sand am Meer, und man nannte außerdem noch seine Katze so. Peterle. Oder Mohrle. Wenn sie schwarz waren.

Die Geschichte, die ich am letzten Wochenende geschrieben hatte, lag ausgedruckt auf dem Schreibtisch. Das mache ich immer so. Am Wochenende schreiben, dann, bevor ich losfahre, ausdrucken und am nächsten Wochenende mit neuem Abstand durchlesen und überarbeiten. Diesmal würde ich sie nicht nur überarbeiten, sondern ganz umschreiben, denn es war die Geschichte, die ich Paul in der Nacht zuvor am Telefon vorgeschlagen hatte. Den Trödelmarkt, auf dem sie spielte, konnte ich einfach zum Weihnachtsmarkt umschreiben, das Frühsommerwetter gegen Schneetreiben im Dezember austauschen und den Antagonisten ausbauen. Der Ich-Erzähler, der so stolz auf sich selbst ist, hatte schon alles, was er brauchte, aber wenn ich das Ganze auf zehntausend oder elftausend Zeichen aufblasen musste, dann gab es noch Platz für die Genese seiner Feindseligkeit.

Ich duschte und arbeitete danach konzentriert bis in den Nachmittag, nur unterbrochen von etlichen Cappuccino-Pausen mit Fernblick und einem kurzen Imbiss. Gegen fünf inspizierte ich die entsprechenden Schrankfächer in der Küche und den Kühlschrank, schrieb einen Einkaufszettel und fuhr hinunter in das kleine Städtchen, um alles, was ich brauchte, in den verschiedenen Läden zusammenzukaufen. Brot beim einen Bäcker, Schwäbische Seelen beim anderen, das, was ich drauflegen würde, und Gemüse, Obst und Schokolade beim einzigen kleinen Supermarkt, den die Stadt noch hat, Gelbe Säcke im Schreibwarenladen und Getränke, Milch, Spaghetti und Olivenöl beim Discounter, weil ich dort mit dem Einkaufswagen bis zur Hecktür fahren konnte.

Ich bin ein bekennender Provinzler. Das war nicht immer so, natürlich nicht, wenn man jung ist, glaubt man, das wirkliche Leben sei nur in der Metropole zu finden und die kleinen oder mittelgroßen Städte dämmerten in einer Art Halbschlaf hinter dem Wandel der Moden und Zeiten her und betäubten sich mit der Suggestion eines falschen Friedens, der in Wahrheit nur die Gegensätze verdecke, die in den Großstädten hart aufeinanderträfen.

Inzwischen weiß ich, dass es diesen falschen Frieden nicht gibt. Die Abwesenheit von Krieg ist echter Frieden, egal, wie er aufrechterhalten wird. Wenn ein Mensch, der mich hasst, trotzdem freundlich zu mir ist, dann bleibt der Hass sein alleiniges Problem, er wird nicht auch noch zu meinem. Wenn er die Feindseligkeit nicht auslebt, dann richtet sie keinen Schaden an. Außer in seiner eigenen Seele.

Selbstverständlich gibt es in diesem Idyll hier mit seinen Renaissancefassaden und Brunnen alles Schlimme, Hässliche und Gemeine, was auch den Rest der Welt behelligt, aber in anderer Dosis und deshalb mit geringerer Wirkung auf das Zusammenleben aller. Auch hier bringt man sich selbst und andere um, missbraucht Kinder und quält Abhängige, aber all das kommt eher alle paar Jahre mal vor oder ans Licht und nicht alle paar Wochen.

Je kleiner eine Stadt ist, desto eher haben die Menschen eine Chance, als Einzelne wahrgenommen zu werden. Wenn in Berlin oder München jemand im Porsche an mir vorüberfährt, dann gehört der für mich automatisch zu den Reichen, kommt aus Dahlem oder Grünwald und erfüllt auch sonst alle Klischees, die an der Gruppe kleben. Hier in meinem Provinznest kann ich mitbekommen, dass er in einer Zweizimmerwohnung im Erdgeschoss lebt, bei Aldi einkauft und als Fliesenleger arbeitet. Und der Mann mit dem alten R4 besitzt drei Mietshäuser. Und der Bankdirektor wohnt direkt neben dem Malermeister. Und die Ärztin neben der kroatisch-italienischen Familie, die eine Pizzeria betreibt.

~

Nachdem ich mir Tomatensalat mit Spiegelei gemacht hatte, verbrachte ich den Abend mit Lesen. Ich esse unter der Woche kulinarisch und am Wochenende frugal. Ich musste die Heizung höherstellen. Dieser Juni ähnelte einem April. Schade, dass ich keinen Kaminofen hier einbauen konnte, das Prasseln und Knacken eines Feuers wäre jetzt das i-Tüpfelchen auf meinem sowieso schon vorhandenen Wohlbefinden gewesen.

Manchmal wird mir klar, was für ein Glück ich habe, und ich nehme mir vor, es nicht mit schlechter Laune oder Ignoranz zu schmälern. Jeden Tag kann eine Diagnose oder ein unvorsichtiger Verkehrsteilnehmer diesem Glück ein Ende machen. Ich bin zweiundsechzig Jahre alt und kann noch ein Viertel meines gesamten Lebens vor mir haben. Zwanzig gute Jahre. Genauer gesagt: zwanzig-komma-null-sechs. Aber vielleicht auch nur noch Tage oder Stunden.

Ich las, bis die Buchstaben verschwammen, und trödelte dann noch ein wenig bei Facebook herum. Im Laufe der Jahre ist die Liste meiner »Freunde« auf knapp zweihundert angewachsen, alte Bekannte, Künstler aller Art, die diese Öffentlichkeit suchen, Journalisten, Leser von Paul, Buchhändler, Verleger – inzwischen ist das so was wie ein Pressespiegel für mich geworden, weil sie alle immer wieder Artikel teilen, und es ist eine Art virtueller Marktplatz, auf dem sich Linke, Liberale, Spießer, Witzbolde und Eigensinnige ins Grundrauschen des allgemeinen Geplappers mischen.

Ob ich in dieser Nacht etwas träumte, weiß ich nicht, aber von der obersten Tafel Schokolade auf dem kleinen Stapel war am anderen Morgen nur noch die Hälfte übrig, also war ich auf jeden Fall in Bewegung gewesen.

~

Mit der Weihnachtsgeschichte war ich mittags fertig. Ich druckte sie aus, legte mich für eine Stunde hin und las sie danach auf Papier noch einmal durch. Melodische Änderungen und einige Korrekturen, die Bezüge klarer machen sollten, arbeitete ich noch ein, und dann schickte ich sie ab.

Super, stand nur in der SMS von Paul, die am frühen Abend bei mir ankam.

Ich freute mich. Lob von meinem Bruder tut mir gut.

~

Ich weiß nicht, wer von uns beiden zuerst die Idee hatte, Schriftsteller werden zu wollen, vielleicht Paul, vielleicht auch ich. Wir lasen, seit wir das konnten, ein Buch nach dem anderen. Wahllos und gierig. Das konnte Schund sein wie Harold Robbins oder Simmel und ebenso Literatur wie Kafka oder Steinbeck. Und irgendwann fingen wir an, die Geschichten zu korrigieren, uns gegenseitig zu erklären, was wir anders gemacht hätten, was eigentlich hätte passieren müssen und wie man etwas besser hätte ausdrücken können. Paul blieb dabei, ich verzettelte mich, er schrieb und schrieb, und ich jobbte und reiste und kiffte und bildete mir ein, frei zu sein, weil ich wie ein Schaustellergehilfe lebte.

Er zog sein Germanistikstudium durch, ich probierte und schmiss zuerst Kunstgeschichte, dann Vergleichende

Kulturwissenschaft, zog dann jahrelang mit Rockbands als Roadie durch die Gegend, trampte durch Europa, arbeitete in Plattenläden, Clubs und Kneipen, im Blumenhandel, in einer Galerie, bis mir unser Stiefvater, der mich adoptiert hatte, die Verwaltung eines Seminarhauses in Volterra anbot, weil er es nicht mehr mit ansehen konnte, wie ich zusehends verkaterter, verwahrloster und verpeilter wurde. Ich blieb acht Jahre. Bis zu seinem Tod. Danach musste ich nicht mehr arbeiten, denn ich war sein einziger Erbe. Und ich hatte mir das Kiffen abgewöhnt.

Auf einmal war ich ein wohlhabender Mann, der sich die Unterstützung diverser Hilfsprojekte und Kulturinitiativen leisten konnte. Und eine Wohnung, die dem Auge nicht wehtut.

In meinen Wanderjahren, deren größeren Teil ich grasbenebelt verbracht hatte, war mir klar geworden, dass ich ästhetisch verletzbar bin. Das hat zwei Seiten: Das Glück im Angesicht von Schönheit ist erregend, aber das von Gleichgültigkeit erzeugte Unglück triumphierender Hässlichkeit ist niederschmetternd.

Das gilt nicht für Menschen und Tiere, deren Schönheit oder Hässlichkeit liegt in niemandes Verantwortung, oder gar die übrige Natur, in der es keine Hässlichkeit gibt, es gilt nur für Artefakte. Architektur, Design und Kunst.

~

Am Sonntagabend nahm ich Abschied von meiner zweiten Haut, wartete wieder, bis ein Zug, diesmal ein weißer, schneller nach Norden, vorbeikam, und druckte die Geschichte in ihrer Endfassung aus, obwohl ich sie längst abgeschickt hatte. Das ist ein Ritual. Ich würde sie am nächsten Freitagmorgen trotzdem noch einmal durchgehen und eventuelle Änderungen und Verbesserungen nachreichen.

Ob die Putzfrau das lesen würde?

Auf die beiden Tafeln Schokolade, die noch im Kühlschrank lagen, klebte ich einen Zettel mit der Bitte, eine für mich übrig zu lassen. Wäsche nahm ich keine mit. Das reicht alle zwei bis drei Wochen.

Ich fuhr diesmal die längere, landschaftlich schönere Strecke durch die Vogesen über Thann, La Bresse und Remiremont und genoss es, über die Pässe und durch die Wälder zu kurven.

Da es nach Westen ging, verlängerte sich der Tag, und die Dunkelheit kam erst, als ich Fougerolles hinter mir hatte.

~

Ein Glas Wein mit Magali, ein Imbiss aus Resten, den mir Melih noch gezaubert hatte, ein weiteres Glas Wein mit George, der sich zu uns gesellt hatte, nachdem der letzte Gast gegangen und der letzte Teller gespült war, dann legte sich die Betriebsamkeit im Haus, die Angestellten brachen mit erleichterten Seufzern zu ihren Familien oder Fernsehern auf, und schließlich gingen auch George und Magali nach Hause.

Ich schloss hinter ihnen ab und aktivierte den Alarm, las noch eine Stunde, legte mich schlafen und wusste, dass die nächsten vier Tage an mir vorbeiziehen würden mit den immergleichen Beschäftigungen: Händeschütteln, Plaudern, Schlafen, Essen, Hygiene, Schwimmen, einem bisschen Zeitung, einem bisschen Fernsehen, Spaziergängen im Internet und in der Stadt, und das alles wie auf Autopilot. Mein richtiges Leben, das, in dem meine

Fantasie und Erfahrung eine Rolle spielten, wartete am Wochenende auf mich.

~

Das stimmte nicht. Zumindest meine Fantasie war diesmal wohl nach Frankreich mitgekommen. In der Nacht vom Dienstag auf den Mittwoch saß ich am Bett der jungen Frau. Sie schlief, und ich wusste nicht, wie ich in ihre Wohnung gekommen war, ich saß auf ihrer Bettkante und lauschte ihren Atemzügen.

Ich tat nichts, berührte sie nicht, bewegte mich nicht, gab keinen Laut von mir, ich bewachte ihren Schlaf, als hätte sie mich darum gebeten, weil sie sich vor irgendetwas fürchtete.

Direkt meiner Fantasie war diese kleine Szene vielleicht nicht entsprungen, falls man Träume nicht als Teil davon betrachtet, aber als ich aufwachte, war das Bild der schlafenden Frau noch eine Weile da, und auch mein Gefühl der Zuneigung, mein Beschützerinstinkt und ein leises Bedauern, dass ich sie nichts gefragt hatte. Zum Beispiel nach der Schokolade.

3

Als mir am Donnerstagabend meine Hecktür auf Knopf-
druck entgegensprang und ich die Tasche in den Wagen
stellte, war noch ein Rest Röte am westlichen Himmel,
und ich freute mich darauf, in die abendliche Farblosig-
keit hineinzufahren. Ich sah die CDs durch, die ich im
Handschuhfach aufbewahrte, aber ich fand keine, die mir
in diesem Augenblick gepasst hätte.

Die letzten Gäste waren schon gegen neun Uhr gegangen, und Javier dirigierte wie immer das Aufräumen
und Herrichten des Gastraums. Später, wenn alle anderen
schon aus dem Haus wären, würde er sich in einer halb-
stündigen Séance im Waschraum in Camilla verwandeln,
die sich auf High Heels und im schwarzen Kleid ins
Nachtleben von Luxeuil werfen und im eigenen Gla-
mour sonnen würde.

Luxeuil ist ein Badeort und deshalb voller alter Menschen, aber im Service arbeiten genügend Schwule und
Lesben, um eine Bar rentabel zu halten, die sich als deren
Wohnzimmer versteht. Nighthawk. Hin und wieder ver-
irrt sich auch mal ein Kurgast dorthin und wendet sich

entweder mit Grausen ab oder seufzt erleichtert auf, weil er endlich die richtigen Leute um sich hat und sein tagtägliches Versteckspiel für ein paar Stunden hinter sich lassen kann.

Javier war Flugbegleiter bei der Air France gewesen, aber hatte es eines Tages sattgehabt, ständig seine Perücken, Schuhe und Fummel erklären zu müssen, wenn die Flughafensecurity bei ihren gelegentlichen Kontrollen der Crews seinen Trolley durchsucht hatte. Das hatte er mir, ein paar Monate nachdem er bei uns angefangen hatte, nachts im Büro erzählt und mich gebeten, es den Kellnern nicht zu sagen und vor allem nicht Melih und den Küchenleuten. »Die sind noch ziemlich von gestern«, erklärte er mir, »die denken noch binär.«

~

Ich konnte doch über einen Transsexuellen schreiben, der seine letzten Tage als Mann verbringt. Auf meiner Liste für Paul standen die Themen Abschied, Form und Sechzigerjahre. Die Abgabetermine waren noch ein bisschen hin, aber ich musste ja nicht auf den letzten Drücker drangehen. Für Abschied wäre jemand wie Javier eine tolle Hauptfigur, fand ich. Allerdings wusste ich nicht, ob er eine Frau sein oder nur spielen wollte. Den Unterschied zwischen Transvestit und transsexuell kannte ich immerhin, obwohl mir diese Welt ansonsten eher fern war. Aber wenn man schreibt, sollte einem nichts fern bleiben. Jedenfalls nicht auf Dauer.

Ich hatte die Straße wieder so ziemlich für mich, nur bis Hericourt traf ich auf den einen oder anderen Heimkehrer von einer späten Schicht, einer Geliebten oder einem Restaurantbesuch. Auf der Autobahn ab Belfort konnte ich wieder fliegen.

Und die letzten paar Kilometer Landstraße fuhr ich mit offenem Fenster, weil die Nacht warm und sternenklar war und der Fahrtwind sich anfühlte wie der in Volterra vor Jahren.

~

Sie hatte die Schokolade nicht angerührt. Und ich musste wieder keins meiner Figürchen anrühren. Ich versuchte, etwas von ihr im Geruch der Wohnung zu finden, aber es gelang mir nicht. Natürlich nicht. Sie hatte bei meinem kurzen Blick auf sie nicht wie jemand gewirkt, der eine Parfümwolke hinter sich herzieht.

Ich war müde, aber noch nicht müde genug, also setzte ich mich mit meinem Glas Wein an den Computer und stöberte im Internet nach allem, was sich zum Thema Transsexualität finden ließ. Es gab, wann immer Fotos bei den Artikeln auftauchten, wunderschöne Wahlfrauen zu sehen, die zu meinen in der Realität gesammelten Erfahrungen nicht passen wollten. Wann immer ich Transvestiten begegnet war, hatte ich Karikaturen meist spießiger Weiblichkeit gesehen, eher Zerrbilder als Idealbilder. Aber vielleicht war das bei der Schönheit von Menschen immer so. Wer glaubt, sie sich einfach anziehen und aufmalen zu können, anstatt sie als Geschenk der Evolution demütig anzunehmen, riskiert, sich lächerlich zu machen.

~

Diesmal berührte sie mich nicht, sie saß da, das Gesicht im Dunkel, nur auf ihrem Haar lag ein Schimmer des Lichts von draußen.

Sie schwieg. Die Situation war mir nicht unangenehm,

aber irgendwann glaubte ich doch, etwas sagen zu müssen:

»Warum haben Sie die Schokolade nicht gegessen?«

»Das war mir peinlich. Ich hatte beim letzten Mal einen Hungeranfall, so richtig mit Zittern und Schweißausbruch, und ich wollte sie am nächsten Tag zurücklegen, aber das habe ich vergessen.«

»Ist nicht schlimm.«

»Darf ich Sie etwas fragen?«

»Natürlich.«

»Waren Sie bei mir?«

»Ja. Habe ich Sie gestört?«

»Nein.«

Diesmal hatte ich nicht gewusst, dass ich träume. Erst als ich mich im Bett aufsetzte, begriff ich, dass ich allein im Zimmer und benommen vom Schlaf war. Es wurde immer skurriler. Ich hatte mich im Traum an einen anderen Traum erinnert. So langsam schien sich das zu einer Art von zweiter Ebene in meinem Leben zu entwickeln.

~

Vor der kleinen Rösterei, in der ich immer den Kaffee kaufe, stand ein Roller, aber keine der Frauen, die im Laden warteten oder an den Tischchen saßen, passte zu meiner flüchtigen Erinnerung. Allerdings hatten der kurze Blick in den Rückspiegel beim Überholen und der nur wenig längere, bevor sie in meine Auffahrt eingebogen war, nicht gerade deutliche Bilder ihres Gesichts in mein Gedächtnis eingepflanzt. Und den Roller hatte ich nicht weiter beachtet. Es konnte der sein, den Frau Wildenhain, meine eigentliche Putzfrau, gefahren hatte. Vielleicht wohnte die Vertretung auch in ihrem Häuschen? Dort war ich einmal gewesen, um Geld vorbeizubringen, weil ich zuvor vergessen hatte, es an die verabredete Stelle unter der Hygeia-Statue im Flur zu deponieren.

~

Meine Geschichte gefiel mir noch immer. Ich fand nichts zu ändern, nachdem ich sie auf Papier noch einmal durchgelesen hatte, also heftete ich sie ab in dem Ordner, der schon elf weitere enthielt, und war stolz auf die zunehmende Dicke seines Inhalts.

Abschied. Ich versuchte, in meinem Kopf Bilder entstehen zu lassen, irgendeine Szenerie, in der Bewegung herrschte oder eine starke Stimmung, eine Dynamik, aus der heraus ich erst der Person meiner Story begegnen wollte. Eine Schlägerei, ein Streit, ein Autounfall, eine Hochzeit, ein Begräbnis – nichts davon enthielt eine Figur, die aussah wie ein Mann, sich aber fühlte wie eine Frau.

Dann begann ich, darüber nachzudenken, dass ich ja auch von außen auf diese Figur schauen könnte – sie musste nicht mit eigener Stimme sprechen, sondern konnte auch dem Erzähler über den Weg laufen.

Als ich nach unten ging, um mir einen weiteren Cappuccino zu machen, beschloss ich, den Gedankenkrampf zu unterbrechen und Musik zu hören. Das hilft manchmal, ebenso wie Schlafen oder Bewegung. Ich suchte eine Weile herum und nahm dann ein Album von Ruth Moody heraus, schaltete den CD-Player an und ließ die Schublade herausgleiten.

Darin lag eine CD. *Revolver* von den Beatles.

Die Putzfrau hatte Musik gehört.

Ich musste über mich selbst lachen, als ich spürte, dass ich den Kopf schüttelte. Natürlich stört es mich nicht, wenn sie Musik hört, sie darf auch gerne im Bikini mit Pistolengürtel putzen und einen Blumenkranz im Haar dazu tragen. Aber was sie nicht darf, ist die CD nicht wieder aufräumen. Schokolade essen ist das eine, CDs einfach im Player lassen das andere.

Ich tauge schon deshalb nicht zur Ehe oder zum Zusammenleben, weil ich das Geschirr in der Spülmaschine umräumen und jeden Stuhl, Sessel oder Blumenstrauß an seinen Platz rücken müsste. Ich würde alles korrigieren, was meine Frau angefasst hätte. Solches Verhalten führt im besseren Fall zur Scheidung und im schlimmeren, aber wahrscheinlicheren zu Mord.

Ich stellte das Ruth-Moody-Album an seinen Platz in der Schublade zurück und startete *Revolver*. Dann holte ich die Patience-Karten und setzte mich an den Tisch, um richtig zuhören zu können. Ich wollte weg von der Geschichte, nicht an einen Transsexuellen denken, sondern an das, was ich hörte, und das, was sich daraus ergeben würde.

Schon die ersten Klänge von *Taxman* schickten mich zurück in unsere Kindheit, in die Zeit, als Paul und ich noch zwei Hälften einer einzigen Person waren. Oder eine doppelte Person. Wir waren dreizehn, als das Album erschien, aber wir entdeckten es für uns erst mit fünfzehn, als die Achtundsechziger-Aufbruchsstimmung auch uns erfasst hatte und wir glaubten, alles werde nun anders und wir seien diejenigen, die es änderten.

Paul und ich trugen damals noch identische Kleidung, hatten dieselbe Haarlänge und schlurften in den gleichen Wildleder-Clarks einher. Wir waren das Spiel mit der Verwechslung noch nicht leid, das uns seit unserer Kindheit so viel Aufmerksamkeit und Zuspruch verschafft hatte. Wir schrieben in der Schule dieselben Noten, gaben uns danach mit denselben Freunden ab, wachten gleichzeitig auf und schliefen gleichzeitig ein. Das sagte man uns jedenfalls, wenn wir bei Freunden oder Verwandten übernachteten.

Wir hatten natürlich als Kinder *Das doppelte Lottchen* gelesen und uns immer wieder einen Spaß daraus gemacht, die Rollen zu tauschen, denn außer unseren Eltern konnte uns niemand auseinanderhalten, wenn wir das nicht wollten. Also trug einer von uns immer ein Zeichen, anfangs ein Halstuch oder einen andersfarbigen Gürtel, später eine Sonnenbrille oder einen Badge, als die in Mode kamen, aber dieses Zeichen tauschten wir nach Belieben, wenn sich ein Vorteil daraus ergab. Natürlich wurde das irgendwann langweilig, und wir ließen es schließlich ganz bleiben, als ich meine erste Freundin hatte.

Nicht, dass die Pubertät mit all ihren Verwerfungen und Umstürzen uns wirklich getrennt hätte, aber wir waren doch mehr als zuvor jeder auf sich konzentriert und verlernten den ständigen Seitenblick zur Kontrolle.

Ich hatte zwar ein schlechtes Gewissen, dass Mia, ein Flüchtlingsmädchen aus der Siedlung oberhalb unseres dörflichen Wohngebiets, sich mit mir abgab und Paul leer ausging, aber ich kam nicht auf die Idee, sie mit ihm zu teilen. Er wohl auch nicht, denn er schlug es nicht vor, und wir redeten nicht allzu viel über sie.

Zwar brachte ich ihn auf den neuesten Stand der angewandten Sexualforschung, das schon, aber nicht so ausführlich, dass er sich als Augenzeuge fühlen konnte. Insgeheim genoss ich sogar den Triumph, ihm etwas vorauszuhaben, und auch das kleinliche Vergnügen, dies für mich allein zu erleben, mich vollständig und selbstständig zu fühlen, wie ich es bisher nicht gekannt hatte.

Mia war ein Jahr älter als wir und viel mutiger, als ich es mir bei meinen ersten scheuen Tastversuchen erhofft hatte. »Frühreif« hätte meine Mutter das mit heruntergezogenen Mundwinkeln genannt, um das Wort »Flittchen« zu vermeiden. Aber sie erfuhr nichts davon, wir waren schon in der Phase angelangt, in der wir Geheimnisse hatten. Unsere Mutter hatte sich als nicht besonders gute Ratgeberin erwiesen, und wir waren nach und nach dazu übergegangen, unsere Entscheidungen nicht mehr von ihrem Urteil abhängig zu machen.

Sie war außerdem viel zu beschäftigt mit ihrem neuen Mann, der Karl hieß und von uns nicht »Vater« genannt werden wollte, eine Baufirma leitete und ein lauter, aber freundlicher und manchmal ein wenig einfältiger Gemütsmensch war.

Unseren richtigen Vater hatten wir mit zwölf verloren. Er war Berufsoffizier gewesen, Oberleutnant, und bei einem Manöverunfall ums Leben gekommen. Frank Siering, das Großmaul unserer Klasse, hatte es lustig gefunden, herumzuerzählen, jemand habe unseren Vater von hinten abgeknallt, weil er ein Leuteschinder gewesen sei, aber das war erstens falsch und bekam Frank zweitens schlecht – der Turnlehrer musste uns regelrecht von ihm wegziehen. Frank brach sich den kleinen Finger seiner linken Hand beim Versuch, uns abzuwehren, aber er versuchte nicht, uns die Schuld daran zuzuschieben. Entweder weil er uns auf einmal fürchtete oder weil er sich für die Verleumdung schämte. Wir kamen mit einer Ermahnung davon, weil eine Prügelei unter Jungs damals noch niemanden außer den Beteiligten aufregte.

Unser Vater war von einem Panzer gestürzt. So unglücklich, dass sich das Genick gebrochen hatte. Bei seinem Begräbnis hatten manche der Soldaten, die an seinem Grab zum Großen Zapfenstreich salutierten, Tränen in den Augen. Er hatte niemanden geschunden. Das tun nur die Unteroffiziere. Offiziere können sich erst im wirklichen Krieg als mies erweisen. Und der war zwei Jahre zuvor nach der Kubakrise abgewendet worden.

Es ist lange her. Ich weiß nicht mehr viel von Mia. Nur, dass wir oft spazieren gingen in den Weinbergen, dass wir wenig redeten, und wenn, dann jeder über was anderes. Sie über ihre Geschwister und die Lehre als Verkäuferin bei Hertie, und ich über Musik, die Beatles, die Kinks und Donovan. Nie über meinen Bruder.

Nachdem er uns beide zusammen gesehen hatte, nannte er sie »matratzenblond«, was ich gemein fand, aber ich musste dennoch darüber lachen.

Mia roch nach Seife. Und die Welt roch auf einmal an den verschiedensten Stellen nach irgendetwas. Der Weg nach Staub, die Weinstöcke faulig-säuerlich, das Gras und die Wiesenblumen anders als der Waldboden, die Hauptverkehrsstraße nach dem fetten, beißenden Zweitaktergemisch der Mopeds. Bis dahin hatte ich eigentlich bewusst nur das Essen gerochen, das meine Mutter kochte, die Wäsche, die sie einmal in der Woche im Keller machte, und den Romadur, den unser Stiefvater manchmal abends auf seinen Teller legte.

Mia fand bald einen größeren Jungen in der Berufsschule und hatte keine Zeit mehr für mich. Nachdem ich viermal an ihrer Tür abgewiesen worden war, sah ich es ein und ließ sie in Ruhe. Und vermisste sie. Obwohl wir einander nicht verstanden hatten. Nur angefasst.

~

Die Musik hatte mich so weit zurückgeschickt, dass die alten Reflexe sich wieder bei mir einstellten. Ich stand auf, um die Platte umzudrehen, als *She Said She Said* verklungen war. Erst als ich mich zum CD-Player niederbeugte, begriff ich, dass diese Aktion nicht mehr nötig war. Ich drehte ein bisschen lauter, um nicht umsonst aufgestanden zu sein, und *Good Day Sunshine* erfasste mich mit seiner Fröhlichkeit, so dass ich fast getanzt hätte. Aber nur fast. Leute wie ich tanzen im fortgeschrittenen Alter nur noch innerlich.

Weil ich wusste, dass meine direkten Nachbarn nicht da waren, drehte ich bei *And Your Bird Can Sing* noch einmal lauter. Und noch bevor das Lied zu Ende war, wusste ich, dass es mir als Glutkern für die Geschichte über die Sechzigerjahre dienen musste. Die Zeile »you can't see me« war genau das, was ich brauchte, um das Lebensgefühl zwischen Larmoyanz und Arroganz einzufangen, dem wir damals den Wind unter unseren Flügeln verdankt hatten.

~

Weil ich noch im Wintermodus von der letzten Geschichte war, ließ ich diesmal einen veritablen Schneesturm durch die ersten Seiten heulen und fand schnell zu der Figur, die sich im München und später Rosenheim der Neunzigerjahre zurechtfinden musste. Ich schrieb drei Stunden und hörte erst auf, als ich mich nicht zwischen mehreren Alternativen des Fortgangs entscheiden konnte. Da hatte ich schon fünfeinhalb Seiten und wusste, dass der transsexuelle alte Schulfreund in den nächsten Zeilen auftauchen würde.

Die ganze Zeit war irgendwo hinten in meinem Kopf *Revolver* gelaufen und hatte meine Finger auf den Tasten in Schwung gehalten. Das verdankte ich der Putzfrau. Sie hatte das inspirierende bisschen Unordnung hergestellt, den Haarriss in der glatten Oberfläche, aus dem die Geschichte wie ein kleiner Nebel emporsteigen konnte.

Ich war erschöpft und euphorisch zugleich und beschloss, für diesen Tag mit dem Schreiben aufzuhören. Am liebsten hätte ich das Album noch einmal angehört, so sehr hatte mich dessen unvermindertes Strahlen nach all den Jahren überrascht, aber das verkniff ich mir. Wiederholung kann das größte Kunstwerk fade machen.

Ich setzte mich stattdessen auf die Terrasse und wartete in der Abendsonne darauf, dass ich hungrig werden oder auf irgendetwas Lust bekommen würde.

~

Paul hatte bald auch eine Freundin. Ein rothaariges Mädchen, das neu in unsere Klasse gekommen war. Sie hieß Anne und war in allen Fächern gut, aber sie war so scheu, dass sie sich nie im Unterricht meldete, weshalb man ihre Leistungen immer erst würdigte, wenn die Klassenarbeiten verteilt wurden.

Ich hielt mich fern von den beiden, so wie Paul sich von Mia und mir ferngehalten hatte, und auf diese Weise lernten wir beide langsam, aber unaufhaltsam, unsere eigenen Wege zu finden.

Karl hatte ein Haus für uns entdeckt, dessen Bauherr vor der Fertigstellung pleitegegangen war, und wir bekamen jeder ein eigenes Zimmer, was unsere Selbstständigkeit noch weiter förderte. Die Platten und Bücher tauschten wir noch immer, aber die gleiche Kleidung trugen wir nicht mehr. Wir sprachen uns nach dem Aufstehen ab, um nicht aus Versehen zur identischen Hose zu greifen.

Irgendwann unterschieden sich sogar unsere Schulnoten voneinander. Ich wurde besser in Mathe und Französisch, und Paul in Englisch, Deutsch und Musik.

Im letzten Schuljahr, in dem wir noch in derselben Bank saßen, schrieben Paul und Anne einander ständig

Briefchen, die ich nie las, obwohl sie durch meine Hände gehen mussten, weil ich zwischen den beiden saß und die Post über den Gang reichen konnte. Ich nahm an, dass der Inhalt intimer Natur sei, und hätte gern gewusst, worüber sie sich austauschten, aber das wollte ich Paul nicht antun.

Die Plätze konnten wir damals schon nicht mehr einfach tauschen, weil ich das bisschen Bart, das mir inzwischen gewachsen war, stehen ließ, während Paul sich rasierte. Und ich hätte es nur schwer über mich gebracht, die Rollkragenpullover, mit denen er sich inzwischen zum Existenzialisten stilisierte, zu tragen. Und die Cordhosen. Und die Ponyfrisur, die Anne ihm verpasst hatte.

Unserem Deutschlehrer Herrn Friese fiel der rege Briefwechsel irgendwann auf, und es war nur eine Frage der Zeit, bis er seine fleischige Hand auf eins der Zettelchen klatschen würde, um es zu lesen. Ich sah das voraus und war vorbereitet. Als er dann eines Tages scheinbar zufällig den Gang zwischen mir und Anne ansteuerte, weil er sah, dass ich ein Briefchen von Paul weitergeben wollte, tauschte ich die Konterbande gegen einen eigens dafür unter meiner Bank deponierten kleinen Text aus, den ich Anne so heimlich wie immer hinstreckte, als hätte ich nicht längst Herrn Frieses Lauern bemerkt.

Anne, die die Gefahr ebenfalls gewittert hatte, versuchte, mir mit kleinen, möglichst unauffälligen Gebärden zu zeigen, dass ich den Brief verstecken solle, ich tat so, als verstünde ich nicht, da krallte sich schon Frieses Hand um meine und entriss mir das Papier. Paul saß einfach nur kerzengerade da, sah nicht nach links zu mir und Anne und nicht nach oben zu dem triumphierenden und vor lauter Jagdglück fast hyperventilierenden Herrn Friese. Er starrte geradeaus und war wie abgeschaltet.

Friese fragte ihn, ob er das geschrieben habe, Paul reagierte nicht, Friese fragte mich, ich reagierte nicht, er sagte, nun ja, die Autorschaft sei wohl geklärt, räusperte sich, faltete den Zettel auf, las und wurde sichtlich nachdenklicher, weil er nicht die erhoffte Schweinerei fand, über die er sich hatte aufregen wollen, sondern eine kleine Geschichte.

Er las zu Ende, reichte Paul den Zettel und bat ihn, nach vorne zu gehen und vorzulesen. Frieses Gesichtsausdruck war undurchdringlich geworden, aller Triumph und alle Häme oder Empörungsbereitschaft waren daraus verschwunden.

Paul sah mich verzweifelt an, ich nickte ihm zu, und er nahm das Papier, eine halbe DIN-A4-Seite, an sich und ging damit nach vorn. Dann las er, mit zuerst stockender Stimme, dann, als er merkte, dass es nicht peinlich werden würde, umso sicherer und schließlich mit Schwung, meine kleine Geschichte vor, in der jemand durch einen Unfall stirbt, seinen Körper verlässt und mitbekommt, was alle, die um seine Leiche herumstehen, denken.

Bei den letzten Zeilen war Herr Friese neben ihn getreten, und nach dem letzten Wort nahm er Paul den Zettel aus der Hand und zückte seinen roten Kuli, um eine Note darunterzusetzen. Eine Eins.

Friese zeigte der Klasse die Note vor und sagte: »Das ist sehr gut, Paul Berens. Ich wünschte zwar, du würdest im Unterricht aufpassen und nicht Geschichten schreiben, und ich vermute, du weißt nicht, dass dein Namensvetter Sartre genau diese Szene auch schon beschrieben hat, aber die wenigen Striche, die du brauchst, um eine große und erschütternde Momentaufnahme zu zeichnen, das nötigt mir Respekt ab. Schreib weiter. Aber bitte nicht im Unterricht.«

Einige in der Klasse applaudierten, und Paul sah mich

entgeistert an. Vermutlich wurde ich rot. Aber das beachtete niemand, denn alle sahen Paul an.

Später, in der großen Pause, als ich vom Klo kam, fing mich Anne ab, sagte: »Du bist ein Superbruder«, und küsste mich auf die Nase.

Und noch am selben Tag holte ich *Das Spiel ist aus* von Sartre aus der Schulbücherei und wurde beim Lesen vermutlich noch einmal rot, denn ich hatte das komplett kopiert. Allerdings ohne es zu kennen. Solche kleinen Geschichten, die eigentlich immer nur Szenen waren, hatte ich seit einiger Zeit geschrieben, wenn mir in der Schule langweilig war.

Von da an schrieb auch mein Bruder ständig. Er hatte von Anne ein chinesisch eingebundenes Notizbuch geschenkt bekommen, und das füllte er mit Skizzen, Gedichten, kleinen Erzählungen und Notizen für einen Roman. Sein Berufswunsch stand fest.

Ich selbst schrieb ebenfalls weiter, heimlich, in ein neutrales Schulheft. Nicht einmal Paul zeigte ich die Geschichten. Und auch er legte mir seine nicht vor. Wir lebten unsere eigenen Leben, und jeder träumte alleine von dem, was er einmal sein wollte. Für sich selbst und für den Rest der Welt.

~

Als ich mir eine Nudelsuppe machte, lief *And Your Bird Can Sing* in meinem Kopf in Endlosschleife, und es hörte nicht auf, als ich zum Essen in meinem Buch las. Es wurde leiser oder dünner, aber spielte immer weiter.

Ich legte das Buch zur Seite, öffnete mir eine Flasche Wein und suchte im Fernsehen nach einem erträglichen Film. Das war nicht einfach. Freitagabends kann man hundert Sender abklappern und nichts finden, was es wert wäre, angesehen zu werden. Schließlich blieb ich an einem unterirdisch schlechten Heldenfilm hängen, in dem ein Umweltagent gegen böse Industrielle kämpft. Wenigstens vergaß ich vor lauter Fassungslosigkeit und Kopfschütteln die Musik in meinem Kopf.

Später wurde es besser, das ist immer so, je später die Nacht, desto besser das Programm, ein Chabrol-Film entschädigte mich für den vorhergegangenen Blödsinn.

Bevor ich endlich müde genug war, hatte ich noch eine Dokumentation über den Panamakanal gesehen und mindestens ein Glas zu viel getrunken.

~

Ein glasklarer Morgen mit Vogelkonzert und Blick bis tief nach Frankreich hinein ließ mich das leichte Versagensgefühl vergessen, mit dem ich oft nach einem exzessiven Fernsehrausch aufwache. Wenn ich am Abend drei oder vier Stunden lese, dann fühle ich mich bereichert, und wenn ich dieselbe Zeit fernsehe, verarmt. Irgendwie zieht das Fernsehen Leben aus einem heraus. Man hat sich unterhalten und gleichzeitig bestehlen lassen. Das wäre vielleicht anders, wenn ich es schaffen würde, nur einen Film anzusehen, aber ich bleibe viel zu oft hängen und lasse noch was und noch was und noch was auf mich eindreschen. Selbst schuld.

Nachdem ich geduscht und genügend Kaffee in mich hineingeschüttet hatte, ging ich zum Markt und stellte mich geduldig in die Schlange am Olivenstand, um eine kleine Sammlung von Leckereien zu kaufen, die mein heutiges Abendessen ausmachen sollten. Ich ließ den Blick schweifen über die Leute, in der Hoffnung, unter ihnen vielleicht meine glatthaarige Putzfrau zu entdecken, aber falls ich sie sah, erkannte ich sie nicht.

Als mir zu Bewusstsein kam, was ich da tat, fand ich mich lächerlich. Was sollte das? Ich war weder verliebt in diese mir unbekannte Frau, noch konnte sie mich sonst irgendwie interessieren. Nur aus der Tatsache, dass sie solchen Respekt für meine Ordnung gezeigt und mich inspiriert hatte mit ihrer Vergesslichkeit, folgte doch noch keine Verbindung zwischen uns. Sie hätte meine Tochter sein können. Ich war nicht auf der Suche nach einer jungen Frau. Ich war überhaupt nicht auf der Suche.

Allerdings träumte ich von ihr. Irgendwas sagte das aus über die Vorstellung, die ich mir von ihr machte, aber um Sehnsucht oder erotischen Mangel ging es dabei definitiv nicht.

~

Ich bin froh, diese biochemische Heimsuchung weitgehend hinter mir zu haben. Meine seltenen Affären reichen mir, die Phasen des Alleinseins dazwischen werden immer länger, und ich ertrage sie immer gelassener, weil mir klar geworden ist, dass die Chance auf ein Liebesleben, das mehr wäre als nur erotische Anziehung und Ermattung, vor langer Zeit einmal, ein einziges Mal, vor mir gelegen hatte. Und seither niemals wieder. Alles danach war Rückzugsgefecht, Ersatz, Echo oder schlechte Kopie.

~

Am Abend hatte ich die Geschichte fertig. Jedenfalls so weit, dass ich am Sonntagvormittag noch nach Szenen suchen konnte, die zu abrupt aufeinanderfolgten, um ihnen geschmeidigere Übergänge zu verpassen. Das kommt vor, wenn ich so rauschhaft schreibe. Dann habe ich hinterher Sprünge und Lücken im Text, die ich mit Misstrauen und Scharfblick aufspüren muss.

Den Fernseher ließ ich ausgeschaltet, nachdem ich gegessen hatte, in meinem Kopf lief keine Musik mehr, deshalb konnte ich lesen, bis ich müde wurde, und dann schlafen, bis die Schokolade im Kühlschrank nach mir rief.

~

Meinem Bruder schickte ich die Geschichte diesmal nicht sofort. Ich wollte sie nächste Woche noch einmal in Ruhe durchgehen. Ich legte den frisch ausgedruckten Blätterstapel auf den Schreibtisch und dachte, die Putzfrau würde ihn vielleicht lesen, anstatt ihn nur zur Seite zu legen, bis die Tischplatte sauber war. Ich könnte sie dann im Traum danach fragen.

Das Wetter hatte gewechselt: Schwerer, fetter Regen strich wie eine riesige Bürste über die Landschaft. Einen Zug zu sehen war unmöglich in diesem Grau, also schloss ich alle gekippten Fenster und machte mich auf eine ungemütliche Fahrt gefasst.

Ich wollte schon die Tür abschließen, da fiel mir ein, dass ich der Putzfrau noch etwas hinstellen könnte, also kickte ich die Schuhe noch einmal von den Füßen und ging zum Kühlschrank, nahm eine Tafel Schokolade, einen Apfel und ein paar Gummibärchen und Trauben heraus, legte alles zusammen auf einen Teller, den ich auf der Küchentheke neben der Spüle platzierte. Dann zeichnete ich noch ein kleines Grinsgesicht auf einen der gelben Einkaufszettel, legte es unter den Apfel und ging aus dem Haus. Die Trauben sollten bis Dienstag halten. Sie waren frisch.

~

Ich brauchte viel länger als üblich, denn der dichte Regen hörte keine Sekunde lang auf, so dass ich den größeren Teil der Strecke mit siebzig oder achtzig dahinschleichen musste. Als ich vor der Villa parkte und zum Eingang hastete, kam mir Magali mit einem Schirm entgegen. Ich hakte mich bei ihr unter und küsste sie auf die Schläfe.

Der Betrieb lief noch. Eine arabische Familie mit Gästen saß bei Tee und Süßigkeiten, die Frauen trugen Kopftücher, und die Männer, bis auf einen, der sehr jung war, Bärte. Magali brachte mir ein Glas Wein und einen kleinen Teller mit Brot und Käse in unser Büro und lehnte sich an die Fensterbrüstung.

»Ist George nicht da?«, fragte ich.

»Zum Glück nicht«, sagte sie, »er ist in Beaune.«

»Die Vente des Vins ist doch erst im November.«

»Die lässt er inzwischen aus. Zu viel Trubel. Er geht jetzt im Sommer direkt zu den Winzern. Das gibt die besseren Deals.«

»Und warum sagst du, er sei zum Glück nicht da?«

»Er wäre stocksauer, weil die keinen Schluck Wein trinken.«

Wir leben, wie fast alle gastronomischen Betriebe, vom Getränkeverkauf. Und dabei spielen Tee, Mineralwasser und Fruchtsäfte nicht gerade eine herausragende Rolle. Gutes Essen rechnet sich nie, es ist nur dazu da, die Gäste zu betören, das, worauf es ankommt, ist der Wein.

Das Wort »stocksauer« klang mit Magalis französischem Akzent einfach unwiderstehlich. Sie liebt es, deutsche Wörter zu finden, die nicht unbedingt für diplomatischen Schriftwechsel oder die Predigt eines katholischen Priesters taugen, und ich liebe es, wenn sie die wie nebenbei fallen lässt.

Mit George reden wir beide englisch, aber wenn wir unter uns sind, fast immer deutsch. Mein Französisch ist im Laufe der Jahre hier gut geworden, aber Magalis Deutsch ist noch viel besser. Sie stammt zwar aus dem Süden, aus Nîmes, aber sie kam schon als Kind mit ihrem Vater hierher, der damals als Pilot, später als Kommandeur auf dem nahen Militärflugplatz stationiert war, und da sie mit ihren aus der Nähe von Metz stammenden Großeltern zusammenwohnten, wuchs sie zweisprachig auf, studierte später in Mainz Betriebswirtschaft, lernte dort den exotischen Engländer George kennen und brachte ihn auf die Idee, sich in ihrer Heimat nach einem Restaurant umzusehen.

Ich lernte die beiden auf einem Sommerfest kennen, das die Eltern meiner damaligen Freundin gaben, die ein Autohaus besaßen und die ganze Belegschaft in den Garten ihrer Villa in Gonsenheim eingeladen hatten. Ich war der Einladung nur widerwillig gefolgt, denn mir war klar, dass meine Freundin Iris mich ihren Eltern präsentieren wollte. Mir war aber nicht nach Familienanschluss, und ich willigte nur ein, weil ich zu dieser Zeit von Iris besessen war und alles tat, um sie bei Laune zu halten. Ich bildete mir ein, ohne sie nicht leben zu können, war mir aber dessen bewusst, dass ich sie anlog, wenn ich sie im Glauben ließ, wir beide würden eines Tages heiraten. Bis die Scham über diese Lüge endlich über meine erotische Sucht gesiegt haben würde, sollten noch Monate vergehen.

Natürlich waren die Eltern nicht begeistert, ihre knapp dreißigjährige Tochter in den Fängen eines Fünfzigjährigen zu sehen, da halfen weder meine Manieren noch die extra hierfür ausgeliehene Breguet-Armbanduhr, die Freundlichkeit der Eltern hatte etwas so ausgesucht Herzliches, dass ich keinen Zweifel daran hegte, sie wünschten mich zum Mond.

Magali, die zu dieser Zeit ein Praktikum in besagtem

Autohaus machte, hatte ihren Freund mitgebracht, und dieser Freund erwies sich als Insel in dem verlegenen Geplätscher dieser Party. Sein mürrischer Humor und seine britische Trockenheit amüsierten mich so, dass ich, wann immer Iris mich nicht gerade im Schlepptau hatte, zu diesen beiden zurückkehrte und am Ende des Abends ihre Telefonnummer in der Tasche hatte.

Magalis Charme und auch die Tatsache, dass sie, wie ich, ein Soldatenkind war, mochten eine Rolle dabei gespielt haben, dass ich mich bald wieder bei ihnen meldete. Iris hin oder her – ich kannte mich gut genug, um mit dem Abflauen meiner Hörigkeit zu rechnen und damit, dass sich entweder der alte Donjuanismus wieder meiner bemächtigen würde oder die wahrhaftige Suche nach einer Frau, mit der ich alt werden wollte. Wenn das Paul gelungen war, warum dann nicht auch mir. An der Auswahl konnte es nicht liegen – ich war ein wohlhabender und damit automatisch attraktiver Mann.

Ich spielte damals mit dem Gedanken, eine halbe Kaserne der Maginot-Linie in der Nähe von Weißenburg zu kaufen, die von einem deutschen Künstlerpaar als Atelier und Wohnung ausgebaut worden war, und fragte, ob Magali als Französin mir den einen oder anderen guten Rat wüsste.

Ihren Vorschlag, dass George und sie doch dabei sein könnten, wenn ich mir das Objekt ansehen würde, nahm ich begeistert an, in der heimlichen Hoffnung, George möge noch etwas dazwischenkommen, so dass Magali und ich alleine in irgendeinem romantischen elsässischen Ort übernachten müssten, weil es natürlich, aus noch herbeizuführenden Gründen, zu spät sein würde, um sie nach Mainz zurückzufahren.

Ihm kam nichts dazwischen. Und es wurde spät. Und sie erzählten mir abends im Hotelrestaurant von ihrem

Plan, eine leer stehende Villa in Luxeuil zu kaufen, und irgendwann später auch davon, dass ihr Geld dafür zwar reichte, sie aber noch einen Kompagnon suchten, denn mit eigenen Mitteln würden sie es gerade eben schaffen, das darin geplante Restaurant auf die Beine zu stellen, nicht aber die unweigerlich folgende anfängliche Durststrecke durchzustehen.

Ich musste enttäuscht oder vielleicht auch verschlossen ausgesehen haben, denn Magali sagte nach einem kleinen Schweigen und Blick in mein Gesicht: »So ist es nicht.«

»Was ist nicht wie?«, fragte ich.

»Wir sind nicht mitgekommen, weil wir von dir Geld für unser Abenteuer wollen, sondern weil du von mir die französischen Amtsgepflogenheiten wissen willst.«

Ich war verlegen, denn genau das war mir durch den Kopf gegangen, also lenkte ich ab, indem ich das Wort »Amtsgepflogenheiten« als aus ihrem Mund verblüffend bezeichnete, worauf George wissen wollte, was es bedeute, und sie es ihm auf Englisch erklärte, obwohl sein Deutsch so gut war wie damals mein Französisch.

Wir redeten über die Kaserne, die wir uns am Nachmittag angesehen hatten und von deren Kauf ich inzwischen Abstand nahm, weil sie mir zu abgelegen war. Ich hätte für jedes Brötchen und jede Briefmarke ins Auto steigen müssen und fürchtete den Winter in dieser Einsamkeit. Ich konnte mir damals noch nicht vorstellen, wochenlang ohne Menschen auszukommen. Heute kann ich das. Heute gibt es Facebook.

In der Nacht klopfte sie an meine Tür. Ich wickelte mein Bettlaken um mich, denn es war heiß und ich hatte nackt geschlafen, öffnete die Tür und lud sie mit einer Geste ein hereinzukommen, aber sie blieb im Flur stehen und flüsterte: »Hast du gedacht, ich flirte mit dir?«

»Nein«, sagte ich, »höchstens gehofft.«

»Das tut mir leid. Du gefällst mir, aber George gefällt mir mehr. Ich tu nichts, was ihn verletzt.«

»Schläft er?«

»Ja.«

»Dann geh schnell zurück. Wenn er aufwacht, passiert genau das, was du vermeiden willst.«

Sie lächelte und küsste mich schnell und fest auf den Mund, dann drehte sie sich um und verschwand den Flur hinunter. Sie war auch nur mit einem Bettlaken bekleidet.

Am nächsten Tag fuhren wir nach Luxeuil. Und abends hatte ich sieben Anrufe meines Bankberaters in der Mailbox, der wissen wollte, ob ich in Weißrussland sei. Meine Scheckkarte war am Bankautomaten in Weißenburg kopiert worden, und jemand holte sich damit massenweise Rubel in Städten namens Wizebsk, Grodno und Kobryn.

~

Nachdem wir zu dritt, Javier, Magali und ich, die Gäste mit Regenschirmen zu ihren Autos geleitet hatten, half ich noch beim Aufräumen und verzog mich dann in meine kleine Wohnung unterm Dach.

Ich hatte mir noch ein Glas Wein mitgenommen und trödelte im Internet herum, während unten die Betriebsamkeit erlosch und ein Auto nach dem anderen wegfuhr. Als ich mich ins Bett legte und das Licht ausschaltete, wusste ich nicht, ob ich enttäuscht oder froh war, dass Magali nicht an meine Tür geklopft hatte. Vermutlich froh.

Gelegenheiten wie diese, wenn George unterwegs war, hatten Magali und ich in der Vergangenheit immer wieder wahrgenommen, um die Gelegenheitsaffäre aufflackern zu lassen, die wir nach drei Jahren gemeinsamer Arbeit dann doch miteinander angefangen hatten. Wir wussten, dass es dumm war, hochriskant, wir würden unsere Existenz zerstören, wenn George davon erfuhr, aber das steigerte unsere Erregung nur noch, und die langen Intervalle taten das Ihrige dazu, dass ich mich als großen Liebhaber inszenieren konnte, als Alternative zum natürlicherweise eingeschlafenen Eheleben von George und Magali, die gerade vierzig geworden war und so unersättlich, wie sich das zwanzigjährige Männer erträumen.

Ich war keine zwanzig, sondern Mitte fünfzig und nicht nur deshalb erleichtert, als Magali eines Tages entschied, es müsse Schluss sein, wir gefährdeten unser schönes Leben, und es sei zweier erwachsener Menschen nicht würdig, sich so umeinanderzurollen. Ich pflichtete ihr bei. Und es war nicht leicht.

Nicht nur, weil sie mir fehlte und ich ihr – das zeigten wir einander mit winzigen Gesten und Blicken, wenn wir hofften, niemand könne es bemerken –, nein, es war auch nicht einfach, dieselbe Distanz zu wahren, die wir als Liebespaar an den Tag gelegt hatten. Jetzt, da wir nur noch Freunde waren, schien es albern, sich nicht zu berühren. Wir mussten lernen, uns in der Öffentlichkeit und vor allem wenn George dabei war, weiterhin so zu benehmen, als hätten wir etwas zu verbergen.

Und natürlich blieb unsere Abstinenz labil. Die Rückfälle waren jedoch so selten, dass ich irgendwann dachte, ich kenne ihren Körper nicht mehr, ich weiß nicht mehr, was ihr gefällt und was nicht, wir waren wieder Neulinge, die sich scheu und beflissen auf der Suche nach den Zündschnüren des Feuerwerks vorantasteten.

~

Montags machen wir nur den Mittagstisch. Die Geschäftsleute sind uns seit Jahren treu, so dass wir noch nie weniger als sechs unserer insgesamt neun Tische besetzt hatten. Der Abend hatte sich im Lauf der Zeit als schwächster Teil der Woche herausgestellt, deshalb gaben wir ihn auf, und die Belegschaft hatte ihn zusätzlich frei zu dem Tag, den George für jeden Angestellten außer dem Koch per Schichtbetrieb organisiert hatte.

Als der letzte Gast gegangen war, packte ich noch ein bisschen mit an beim Abnehmen der Tischwäsche, Wegräumen der Blumenvasen und Hochstellen der Stühle, damit der Reinigungstrupp, der immer montagnachmittags Großputz macht, freie Bahn hatte. Ich ließ die Leute herein, stellte ihnen eine Kanne Tee, eine Kanne Kaffee, einen Teller mit Croissants und Obst und einige Flaschen Wasser auf die Theke vor dem Speiseaufzug und verzog mich nach oben, um mich hinzulegen.

~

Ich wachte auf vom lauten Motor des Transporters, mit dem die Putzleute wegfuhren. Irgendetwas hatte ich geträumt, aber ich wusste nicht mehr, was.

Ich nahm meine Tasche mit Handtuch und Plastikschlappen, ging nach unten, räumte dort die Kannen, Tassen, Teller und Gläser der Putzbrigade in den Speiseaufzug, machte mir einen Espresso mit der kleinen Maschine im Büro, den ich vor der Türe trank, um dabei rauchen zu können, und brach auf zum Thermalbad.

Dort schwamm ich wie immer im Becken des Saunabereichs, jeweils zwei Längen auf dem Rücken und eine im Crawl. Ich hatte das Becken fast für mich alleine, nur zwei massige Damen wanderten im Kreis herum und unterhielten sich dabei, so dass ich immer wieder ausweichen musste, um nicht rückwärts in sie reinzurammen. Schließlich gab ich den Versuch auf, meine Bahn rauf und runter zu schwimmen, weil sie mit ihrer ständigen stampfenden Kreisexpedition eine immer stärkere Strömung erzeugten, die ich nicht gegen mich haben wollte, also schwamm ich hinter ihnen her am Rand entlang, was auf dem Rücken wegen der Kurven schwierig ist, und musste Pausen machen, weil sie zu langsam waren, oder abkürzen und sie überholen, wenn ich im Crawl-Modus war.

~

Ich stellte meine Tasche mit den Badesachen auf die Treppe der Villa und schlenderte durch die Stadt. Luxeuil ist sehr schön und als Badeort ganz dem Müßiggang verpflichtet, der gestrige Regen hatte sich vollständig verzogen, und jeder, der sich ohne Hilfsmittel bewegen konnte, schien draußen zu sein, um den warmen Sommerabend zu genießen. Die Jüngeren saßen auf Mäuerchen und Treppen, die Älteren auf den Stühlen der Restaurants und Cafés, Kinder fegten mit Fahrrädern und Skateboards zwischen ihnen hindurch, und die Babys schliefen oder schrien in ihren Kinderwägen, ließen sich bewundern oder wegen wichtiger Handybotschaften ignorieren, und niemand außer den Kellnern schien es eilig zu haben.

Seit fast elf Jahren war dies nun schon, zumindest von Sonntagnacht bis Donnerstagabend, auch meine Stadt, aber ich kannte niemanden, dem ich mehr als ein Kopfnicken zur Begrüßung im Vorbeigehen schuldig gewesen wäre.

Vermutlich bin ich einsam. Aber es tut nicht weh, weil ich es selbst so haben will. Meine früheren Versuche, mich zu binden, waren allesamt halbherzig und ihr Scheitern meine Schuld gewesen.

Na ja, einsam ist vielleicht nicht das richtige Wort. Ich bin ein Hagestolz, ein Einzelgänger, aber ich arbeite mit George, Magali und der ganzen Belegschaft zusammen und halte Kontakt zu meinem Bruder und seiner Frau, ich führe kein Eremitendasein. Zumindest nicht hier in Luxeuil.

Wenn das mit dem Schreiben so geschmeidig weitergeht, dann sind meine Wochenenden ebenfalls bevölkert. Nur eben mit imaginären Menschen. Denen ich aber auch das Beste wünsche. Wie denen, die mein Leben hier teilen.

~

Es ist ein wenig gespenstisch, montagnachts in der leeren Villa zu sein. Die Stille im Gastraum, in der Anrichte und im Büro ist wie ein Mangel und löst bei mir ein ähnliches Gefühl aus wie der Anblick eines Ferrari ohne Räder oder leeren Swimmingpools. Aber so, wie sich ein kleiner Junge auf jeden Fall in diesen Ferrari setzen würde, um eine gefahrlose Fantasiefahrt zu unternehmen, zieht es mich manchmal ins Erdgeschoss, und ich stehe mitten im Raum, stelle mir die Gespräche vor, die für den Moment verklungen sind, stelle mir die Gedanken vor, die nicht ausgesprochen wurden, die Ekstasen und Traumata der Gäste, die sich hier für einen Moment zusammengetan haben, ohne voneinander zu wissen und ohne das zu wollen. À la longue ist jeder einsam, und die Stimmen im Orchester sind Soli, die nur zufällig hier und da miteinander harmonieren.

Frau Wildenhain, meine reguläre Putzfrau, wollte in Amerika bleiben. Das hatte sie mir in einer Mail heute

Nachmittag erklärt, in der sie mich auch beruhigte, nichts werde sich für mich ändern, da ihre Freundin Chiara einstweilen ihre Putzbefohlenen weiter betreue.

Das Wort Putzbefohlene gefiel mir. Ich stand im Zwielicht des Gastraums, verschmolz mit den Schatten und stellte mir vor, dieses Wort an einem der Tische zu hören.

Und ich stellte mir vor, eine glatthaarige Frau würde dazu mit dem Kopf nicken und sich einverstanden erklären, diese Leute, darunter mich, weiter zu versorgen. Chiara. Jetzt hatte ich einen Namen für meine eingebildete Freundin.

~

Dienstagnachmittags, als ich eigentlich schlafen wollte, trat mir die fröhliche Frau Wildenhain so lange immer wieder ins Blickfeld meines inneren Auges, bis ich begriff, dass ihr Entschluss, in Amerika zu bleiben, meine nächste Geschichte werden musste. Abschied. Ich beherrschte mich, machte keine Notizen, es reichte, darüber nachzudenken und am Freitag zu Hause die inneren Bilder laufen zu lassen.

~

Dienstagnachts bekam ich wieder Besuch. Diesmal saß sie nicht an meinem Bett, und diesmal hatte sie einen Namen. Sie stand mit dem Rücken zum Fenster, ein schwarzer Scherenschnitt ohne Mimik, ohne Körperlichkeit, eine Silhouette wie im Schattenspiel. Sie wartete schweigend, bis ich den Mund aufmachte: »Haben Sie was vom Obst und der Schokolade gegessen?«

»Vielleicht. Sie sehen es, wenn Sie nach Hause kommen.«

»Sie sollen sich wohlfühlen bei mir.«

»Das tu ich.«

»Ich weiß nicht, warum, aber ich muss immer wieder an Sie denken.«

»Ich auch an Sie.«

»Was glauben Sie, woran das liegt?«

Sie brachte Bewegung ins Schattenspiel, breitete kurz ihre Arme aus und ließ sie dann wieder fallen: »An Ihrer Wohnung?«

»Aber Sie sehen doch viele Wohnungen«, sagte ich, »denken Sie an jeden Besitzer?«

»Nein. Die anderen Wohnungen sprechen nicht. Oder sie sagen etwas, das mich nicht interessiert. Ihre spricht.«

»Worüber?«

»Über Sie, denke ich.«

»Es wäre kokett von mir, jetzt zu fragen, was die Wohnung über mich aussagt, also frage ich nicht, obwohl es mich Beherrschung kostet.«

»Ja.«

»Was, ja?«

»Es wäre kokett.«

»Lächeln Sie?«

»Vielleicht.«

Sie kam her zu mir, setzte sich ans Bett und legte wieder, wie beim ersten Mal, ihre Hand auf meine Hüfte: »Schlafen Sie weiter. Wir sehen uns.«

»Aber ich schlafe doch. Ich träume Sie doch.«

»Aber Sie träumen, dass Sie wach sind. Träumen Sie jetzt, dass Sie schlafen.«

Ich spürte, dass ich lächelte.

~

Mittwoch und Donnerstag verflüchtigten sich wie immer so, dass ich sie in einem Film durch das Abreißen zweier Kalenderblätter gezeigt hätte. George, der am Donnerstagabend zurückkam, schien mich skeptisch aus dem Augenwinkel zu mustern, aber da ich keine Schuld auf mich geladen hatte, beachtete ich es nicht weiter. Hatte er Grund zum Misstrauen? Erfreute sich Magali vielleicht anderswo und vernachlässigte ihre Deckung?

Nun ja, er konnte an alles Mögliche gedacht haben, als er mir diesen kurzen Blick zugeworfen hatte. Vielleicht war er sich über etwas anderes im Unklaren oder erinnerte sich an irgendeinen Ärger. Und wer weiß, er musste selbst kein Heiliger sein auf seinen Touren durch die Weingebiete.

4

Die letzten drei Tage waren sommerlich warm gewesen. Noch nicht so, dass man vom bloßen Herumstehen schon schwitzte, aber so, dass ein Polohemd genug war. Ich fuhr bis zur Autobahn mit offenem Fenster, deshalb langsamer als sonst, und brauchte länger.

Die ersten Bilder meiner Abschied-Geschichte gingen mir durch den Kopf. Der Flughafen Frankfurt, das Gefühl, sich aufzulösen, der Flughafen Newark, die Taxifahrt quer durch Manhattan nach Brooklyn.

Ich war vor Jahren dort gewesen, zwei Wochen lang, zu Gast bei Annes Bruder, noch bevor ich meinem bescheidenen Hausmeisterleben als Seminarhaus-Manager entkommen war, und hatte mir später ernsthaft überlegt, dort hinzuziehen. Das Hochgefühl, das mich damals durch die Straßen getragen hatte, ist mir heute noch präsent. Etwas Vergleichbares habe ich in keiner anderen Stadt erlebt, nicht in Paris, London, Madrid oder Rom und schon gar nicht in Berlin.

Als ich dann auf einmal unabhängig war und mir den Ort, an dem ich leben wollte, aussuchen konnte, entschied ich mich jedoch für die Provinz. Die Langeweile. Ich wollte Ruhe haben und mich konzentrieren, den Blick in eine Ferne richten können, ob dort dann die Türme von San Gimignano zu sehen sein würden oder, wie schließlich von meinem südbadischen Städtchen aus, die Vogesen – ich hatte bisher in meinem Leben so viel Anregung eingesammelt, jetzt wollte ich mich erinnern und aus all dieser Anregung Text werden lassen. Ich wollte schreiben.

Und ich musste entdecken, dass ich zwar das Sitzfleisch eines Erzählers hatte, aber nicht den langen Atem. Meine Geschichten landeten regelmäßig nach zehn, zwölf Seiten bei ihrer Pointe, sie wollten einfach nicht länger werden. Wenn ich versuchte, sie mit Schauplätzen, Assoziationen und Erinnerungen aufzufüllen, waren sie mir langweilig. Wenn ich aus diesen Versuchen alles Überflüssige herausgestrichen hatte, war ich wieder bei zwölf Seiten.

Paul, den ich damals um Rat anging, konnte mir auch nicht weiterhelfen. »Wenn du mit einer Figur fertig bist, dann lässt sie dich das wissen«, sagte er, »vielleicht stehen bei dir ja viel mehr Leute Schlange und wollen erzählt werden als bei mir. Vielleicht musst du einfach deine Zeit einteilen, damit jeder drankommt.«

Damit half er mir zwar nicht, meine Geschichten zu dehnen, aber er half mir, mich einstweilen damit abzufinden, dass für mich kein Marathon infrage kam, sondern immer wieder nur ein Sprint.

Und er half mir bei den ersten Schritten. Er korrigierte, lektorierte, schlug vor und strich und redete mir jegliche Stilübung aus, die ich anfangs noch mit beflissenem Eifer ablieferte. »Stil ist Genauigkeit«, sagte er, »und Aufrichtigkeit, und sonst fast nichts.«

»Fast?«, fragte ich. »Was noch?«

»Charakter«, sagte er, »wenn du das richtige Wort an der richtigen Stelle im Satz hast, kommt alles andere von selbst. Dein Wesen macht den Rest. Wenn du geizig bist, dann werden deine Sätze das spiegeln, wenn du naiv bist, wenn du umsichtig bist, wenn du misstrauisch bist und so weiter – das alles wirkt auf die Melodie deiner Texte und die Haltung deiner Figuren. Ihre Sinnlichkeit ist immer auch deine, und du kennst ihre Fehler und Schwächen von dir.«

»Gut erklärt«, sagte ich und ärgerte mich über mich selbst, weil ich es nicht besser schaffte, meine Bewunderung auszudrücken. Dabei hatten wir nie miteinander rivalisiert, es gab keinen Grund, den anderen kleiner zu machen, als man sich selbst vorkommen wollte. Auch jetzt hatte ich nicht vor, ihn zu überflügeln, ich wollte nur endlich auch schreiben und den Stimmen in meinem Kopf Platz verschaffen. Draußen in der Welt.

Viel Hoffnung, dass sich dafür ein Verlag würde finden lassen, hatte ich nicht. Paul erklärte mir, dass Kurzgeschichten ein ähnliches Kassengift seien wie Lyrik und man, wenn überhaupt, dann nur übers Feuilleton Beachtung dafür fände, dass deswegen kein Verlag ihre Herausgabe riskieren würde, wenn man nicht sowieso schon berühmt sei oder auf andere Weise Chancen habe, von der Kritik beachtet zu werden.

Ich schrieb fleißig weiter, war aber halbwegs entmutigt, schickte ihm keine Texte mehr, sondern legte sie ab und nahm mir vor, eines Tages auf die richtige Idee zu kommen, wie man sie Lesern andienen konnte.

~

Ich öffnete alle Fenster, um die warme Nachtluft hereinzulassen. Obst und Schokolade waren weg, der Teller war in der Spülmaschine gelandet, aber auf der Theke, wo er gestanden hatte, lag ein gelber Zettel mit einer Zeichnung. Das lächelnde Gesicht einer Frau im Comic-Stil, sehr gekonnt mit wenigen Strichen ausgeführt. Das Gesicht wandte sich mir, dem Betrachter, zu, so als hätte ich die Frau bei irgendetwas überrascht. Chiara war eine Künstlerin. Das erklärte ihren Blick für die Komposition der kleinen Dinge.

Dieses Bildchen wirkte so ansteckend auf mich wie ein echtes Lächeln. Ich prostete ihm zu mit meinem bauchigen Glas und beschloss, es zu rahmen und an die Wand zu hängen.

Am offenen Fenster in meinem Arbeitszimmer stehend, hörte ich das Klingeln der Bahnschranke unten in der Stadt und den Ruf eines Käuzchens. Sonst nichts. Als jungen Menschen hätte mich eine solche Ruhe verstört, ich hätte gefürchtet, taub oder tot zu sein, deshalb brauchte ich damals in Volterra Monate, um mich daran zu gewöhnen, jetzt hatte sie etwas Erhabenes und Tröstliches und wirkte zuverlässig als Medizin gegen den Lärm in meinem Kopf.

Die nächtliche Landschaft sah mit ihren vielen Lichtern von Dörfern, Straßen und Industrieanlagen am Rhein wie eine Großstadt mit partiellem Stromausfall aus, und ich merkte, mir gefiel der Gedanke, dass ich nicht der einzige Mensch auf Erden war.

Nun ist das nicht schwer herauszufinden, man müsste schon in einer Höhle im Wald leben, um sich so etwas einbilden zu dürfen, aber was man fühlt und was man weiß, ist nicht dasselbe, wir neigen dazu, das Gefühlte höher zu bewerten. Und gefühlt war ich oft der einzige Mensch auf Erden. Oder dessen Hälfte. Paul war ja da.

Er hatte mir vor Jahren gesagt: »Anscheinend fühlen wir stärker als andere und haben es schwerer, Grausamkeit und Elend auszuhalten, aber vermutlich haben wir deshalb Fantasie und die Wahl, ob wir im eigenen Kopf oder in der Welt leben wollen.«

»Hat nicht jeder Fantasie?«, fragte ich ihn, und er schüttelte den Kopf. »Jeder kann sich was vorstellen, aber nicht jeder fühlt, was er denkt.«

»Und viele denken nicht mal.« Anne, die das gesagt hatte, stieß sich ab und rollte mit elegantem Schwung auf ihren Inlineskates davon, während Paul und ich gemächlichen Schritts den Tiergarten durchmaßen und uns am Anblick ihrer Bewegungslust erfreuten.

Ich hatte mich schon damals für den eigenen Kopf entschieden. Das bisschen Welt von Montag bis Donnerstag drang kaum in mich ein, ich überflog diesen Teil sozusagen, um an den Wochenenden dort zu sein, wo meine Figuren waren. Und neuerdings auch eine dunkelhaarige putzende Künstlerin aus Italien namens Chiara, von der ich nicht wusste, ob sie ein Produkt meiner Fantasie war, das im Augenblick einer echten Begegnung sofort als Pulver zu Boden rieseln würde.

Nein. Ich wusste es. Sie war ein Produkt meiner Fantasie. Nichts weiter. Der wirkliche Mensch putzte zwar bei mir, machte alles richtig, hatte mir ein gezeichnetes Lächeln zukommen lassen, aber alles Weitere geschah nur in meiner Fantasie. Gut so. Das war der richtige und einzig angemessene Platz für eine viel zu junge Frau.

~

Nach dem Einkauf las ich meine Geschichte vom letzten Wochenende durch und änderte einiges daran. Eine Woche Abstand kann viel bewirken. Der Text war mir wieder fremd genug geworden, so dass ich platte Formulierungen, umständliche Erklärungen und penetrante Wiederholungen fand, die ich letzte Woche übersehen hatte. Den Rest würde Paul entdecken. Ich schickte die Datei ab.

Für meine Abschied-Geschichte sah ich mir die Taxiroute von Newark Airport nach Brooklyn auf Google Maps an, suchte mir per Google Earth einzelne Punkte auf dieser Strecke, um eine Vorstellung von ihrem heutigen Gesicht zu bekommen, schrieb dann in einem Zug den ersten Absatz und, nach kurzem Grübeln, weitere vier Seiten.

Ich ertappte mich dabei, dass ich mir wünschte, Chiara würde das lesen, ihre Freundin darin erkennen und sich fragen, woher ich die so gut kenne. Dabei kenne ich Frau Wildenhain nicht. Außer dem, was in ihrer Mail stand, nämlich, dass sie für ein paar Wochen bei Freunden in der Fifth Avenue wohnt und sich um eine Greencard bewerben will, weiß ich nichts von ihr. Alles, was am Ende in dieser Geschichte stehen würde, fantasierte ich, aber da wir alle das tun, auch die Leser, stünde es am Ende wie ein Bericht aus dem Inneren eines anderen Menschen da, obwohl es allenfalls ein Spiel mit meinen Möglichkeiten war.

Ob ich den Text, wenn er fertig war, einfach diesmal ohne Deckblatt mit Titel und Datum auf den Schreibtisch legen sollte? Dann würde Chiaras Auge automatisch auf Wörter fallen, wenn sie den Stapel in die Hand nähme, und sie könnte sich festlesen und umblättern. Nein, das würde ich nicht tun. Sie sollte frei entscheiden, ob sie sich so weit hereinwagen wollte in mein Leben, und ich würde nicht um ihre Aufmerksamkeit betteln.

Die wirkliche Chiara konnte jemand vollkommen anderer sein als die in meiner Fantasie. Sie konnte rechthaberisch, kleinlich, zu laut oder eine Angeberin sein, Plattitüden daherreden oder, schlimmer noch, denken, es war auch möglich, dass sie kaum ein Wort Deutsch verstand – das würde meine Vorstellung davon, dass sie die Geschichten lesen könnte, erschüttern. Vielleicht war sie auch jemand, der überhaupt nie liest.

Das Einzige, was sie unzweifelhaft war: ein Geschöpf meiner Vorstellungskraft. Alles andere, die Wirklichkeit, bestand für mich nur aus vagen Eventualitäten. Aber so hatte ich es ja gewollt. Meine Wochenenden verbrachte ich mit solchen Geschöpfen. Die wirklichen Menschen waren ab Montag wieder dran.

~

Am Abend wunderte ich mich über mich selbst. Ich blieb vor einem Film mit Harvey Keitel und Emmanuelle Béart sitzen, obwohl er fürchterlich dumm war. Danach hatte ich ein schlechtes Gewissen mir selbst gegenüber, nicht weil ich sitzen geblieben war, sondern weil mir die allerspießigsten Sätze durch den Kopf gingen – Reine Zeitverschwendung! Wieso geben sich so gute Schauspieler für so ein schlechtes Drehbuch her? Hätte ich lieber was gelesen in der Zeit.

~

Als ich nachts aufwachte und meinen üblichen Weg zum Kühlschrank ging, hatte ich das Gefühl, mir fehle etwas. Ich war nicht wach genug, um herauszufinden, was das sein könnte, erst morgens beim Anblick des dritten weißen Zuges und nach der zweiten Zigarette wusste ich, was es war. Sie hatte mich nicht im Traum besucht.

Ich fand mich selbst albern. Das Ganze bekam langsam

etwas peinlich Erotisiertes, mir fiel der Professor aus Philip Roths *Menschlichem Makel* ein, der ein Verhältnis mit seiner Putzfrau anfängt, und gleich hinterher noch der aus dem *Sterbenden Tier*, der sich auf die allerbeschämendste Weise einer Studentin unterwirft.

Mit diesen Assoziationen hatte ich mich allerdings voll und ganz auf den Weg in Dirty-old-man-Fantasien gemacht, und so war es kein Wunder, dass ich mir beim Duschen vorstellte, Chiara läge in meiner Badewanne mit geschlossenen Augen und entspanntem Gesicht.

~

Beim Bäcker, als ich gerade auf das dunkelste Brot deutete, sprach mich jemand von hinten an. Ich drehte mich um und erkannte meinen Nachbarn, der links von mir mit seiner Frau in einem liebevoll gepflegten Häuschen wohnt. Ich wusste seinen Namen nicht mehr.

»Hallo, Nachbar«, sagte ich deshalb.

»Ich habe ein schlechtes Gewissen«, sagte er, »wir haben für ein kleines Chaos bei Ihnen gesorgt letzten Dienstag. Ich will mich entschuldigen.«

»Was denn für ein Chaos?«

»Wir haben die Polizei angerufen, weil wir dachten, da bricht jemand bei Ihnen ein, aber es war die Putzfrau.«

»Ach herrje.«

»Ja, die Arme wurde von den Polizisten ausgefragt, und es war uns gleich schrecklich peinlich, sie in eine solche Lage gebracht zu haben.«

»Danke fürs Aufpassen aber trotzdem.«

»Na ja«, sagte er, »es gibt hoffentlich kein nächstes Mal.«

Mein Brot wurde über die Theke gereicht, und ich bezahlte und verabschiedete mich.

Am Marktplatz bei den Oliven stand sie zwei Leute vor mir in der Schlange. Ich konnte sie in Ruhe betrachten und war mir sicher. Sie trug Jeans und ein dunkelblaues T-Shirt, war etwa einen Kopf kleiner als ich und hatte ihr Haar zu einem Pferdeschwanz gebunden. Ihr Deutsch war ohne merklichen Akzent, aber einzelne Begriffe sprach sie in melodischem Italienisch aus. Pomodori secchi zum Beispiel. Oder Peperoncini.

Sie war hübsch. Vielleicht sogar schön. Aber ihre Ausstrahlung hatte etwas so Defensives, dass das einem beiläufigen Blick verborgen bleiben konnte. Vielleicht war sie schüchtern. Aber in ihrer Haltung lag auch etwas wie Stolz oder Selbstsicherheit, das nicht zu einem schüchternen Menschen passen wollte. Sie konnte auch eine Einzelgängerin sein. Eine, die man sich mit Büchern unterm Arm auf dem Campus einer Universität vorstellen konnte, aber nicht umringt von giggelnden Freundinnen mit High Heels und Einkaufstüten. Ich sprach sie nicht an. Natürlich nicht.

~

Ich schrieb bis zum Abend. Das letzte Wort tippte ich zum Gesang zweier rivalisierender Amselmännchen, die sich einen musikalischen Wettstreit in den Bäumen links und rechts des Hauses lieferten. Eigentlich war es keine Geschichte geworden, sondern eine Momentaufnahme. Ein gedehnter Augenblick des Erkennens. Die Ankunft am richtigen Ort.

Ich war sehr zufrieden, aber das bin ich oft. Nächsten Freitag, wenn der Text dann noch immer hielt, würde ich mehr wissen. Bis dahin durften die Worte trocknen.

~

Nach dem Essen setzte ich mich an den Computer und suchte bei den Internetbuchhändlern nach neuen Besprechungen von Pauls Büchern. Ich bewertete die lobenden mit »hilfreich« und die hässlichen, die es zum Glück seltener gab, mit »nicht hilfreich«. Früher hatte ich auf besonders unverschämte auch mit Kommentaren geantwortet, aber seit einiger Zeit ließ ich das sein. Es war sinnlos. Niemand lässt sich erklären, dass er unrecht hat. Und außer demjenigen, der die Rezension geschrieben hat, liest wohl auch niemand einen Kommentar dazu.

Ich weiß, dass Paul bei jeder verächtlichen Kritik leidet und es trotzdem nicht schafft, sie zu ignorieren. Irgendwas lerne ich daraus, sagte er immer wieder, wenn wir darauf zu sprechen kamen, über die guten freue ich mich, also muss ich die schlechten auch aushalten. Ich weiß, dass er dann manchmal stundenlang innerlich gegen einen unbekannten, nicht satisfaktionsfähigen Holzkopf argumentiert, der das, was Paul zu bieten hat, weder braucht noch kapiert oder gar aus persönlichen Gründen dagegen lästert, weil zum Beispiel seine Frau oder Freundin ihn mit ihrer Begeisterung für Paul eifersüchtig macht.

Vielleicht sind wir beide genau gleich dünnhäutig, aber ich setze mich niemandes Kritik aus und muss mein Selbstwertgefühl deshalb auch nicht alle naslang gegen irgendwelche unbekannten Trolle verteidigen.

~

Ich war nur ein einziges Mal in meinem Leben eifersüchtig, weil ich nur dieses einzige Mal geliebt habe. Alle späteren Amouren verlangten keine Ausschließlichkeit, waren leicht zu unterhalten und leicht zu lösen und nur dann schmerzhaft, wenn jemand *mich* liebte. Dann schämte ich mich, so grausam zu sein, diese Liebe nicht erwidern zu können. Dass *ich* jemanden liebte, kam nicht mehr vor. Ich konnte besessen sein von einer Frau und diese Besessenheit eine Zeit lang mit Liebe verwechseln, aber wenn sie sich von mir abwandte, wurde ich allenfalls von einer Art Wehmut heimgesucht, empfand eine gewisse Leere oder fühlte mich verloren, und mehr war da nicht. Keine Erschütterung. Kein zusammengebrochenes Leben. Kein Abgrund, der sich vor mir auftat. Nur mein normaler Trott, zu dem ich eben zurückkehrte.

Heute weiß ich, dass meine Eifersucht damals keinen Neid und keine Missgunst enthielt. Ich sehnte mich danach, dass Anne meine Freundin wäre, ich dachte Tag und Nacht an sie, stellte mir vor, sie strahle mich so an, wie sie Paul anstrahlte, hake sich nach der Schule bei mir unter, gehe mit mir ins Freibad und verschwinde mit mir für Stunden im Zimmer, aber ich missgönnte Paul sein Glück nicht, denn er strahlte ebenso wie sie.

Die beiden hatten eine gemeinsame Aura. Nicht, dass ich die gesehen hätte, das taten auch damals schon nur die Hardcore-Anthroposophen, mit denen sich unsere Mutter gern umgab, zumindest behaupteten sie es, aber spüren konnte ich, wie innig Paul und Anne miteinander waren, wie sicher und selbstverständlich, obwohl sie aus so unterschiedlichen Welten kamen. Anne, die Professorentochter, und Paul, der Soldatensohn.

Dass ich davon ausgeschlossen war, akzeptierte ich, aber hinzunehmen, dass ich nicht an Pauls Stelle sein konnte, fiel mir schwer.

Sie waren so ineinander versunken, dass weder Paul noch Anne mitbekamen, wenn ich sie belauschte, an der Zimmertür, auf dem Schulhof und sogar in dem Versteck, von dem sie glaubten, niemand außer ihnen kenne es, dem Dachstuhl und früheren Heuboden einer Scheune,

die als Garage für Traktor und Heuwender eines weiter
weg liegenden Bauernhofs genutzt wurde.

Dort war ich nur dreimal, denn ich schämte mich so
sehr, ihre Intimität zu stehlen, aber den Anblick der zweimal fast und einmal ganz nackten Anne bei dem, was man
damals Petting nannte, trug ich wie einen verfluchten
Schatz mit mir herum, der mich elektrisierte und quälte
und lange brauchte, bis er endlich blasser und irgendwann schließlich wirkungslos geworden war.

Ich wünschte mir nicht, dass Paul tot umfallen möge,
nicht einmal, dass Anne ihn verlassen und mich stattdessen erwählen möge, aber ich war mir der Absurdität dieser Situation bewusst. Die Unterschiede zwischen Paul
und mir waren so gering, dass es genauso gut mich hätte
treffen können. Es war ungerecht. Ein Zufall.

Sie verließ nicht ihn, sondern uns beide und dazu noch
den Kontinent. Ihr Vater hatte einen Ruf an die Universität von Baltimore erhalten, also zog die ganze Familie
für mindestens drei Jahre dort hin, das erzählte sie mir im
Freibad, wo ich in den Sommerferien fast jeden Tag verbrachte und abwechselnd las oder mit den »bösen« Jungs
Zigaretten rauchte und über die Gründung einer Band
nachdachte. Ich wollte nicht mitspielen, nur der Mana-
ger sein.

Paul war in England zu Gast bei einer Familie, die
ihren Sohn im Herbst als Austauschschüler zu uns schicken wollte. Ich war auch eingeladen worden, hatte mich
aber geweigert, weil ich dachte, wenn Paul weg ist, darf
ich vielleicht Anne trösten, aber sie hatte nie Zeit, wenn
ich ihr etwas vorschlug. Sie saß lieber zu Hause im Garten und schrieb Briefe an Paul.

Als sie an diesem Nachmittag auf mich zukam in ihrem
gepunkteten Bikini, nach dem ich nun schon wochenlang erfolglos Ausschau gehalten hatte, glaubte ich, den

Puls an meiner Halsschlagader zu spüren, aber ich versuchte, lässig zu wirken, als ich aufstand und ihr entgegenging.

»Ich dachte mir, dass du hier bist«, sagte sie.

»Setz dich«, sagte ich, »kommst du doch mal schwimmen.«

»Ich hüpf nur kurz rein, dann muss ich wieder los.«

»Schade.«

»Wir ziehen nach Amerika.«

Sie saß neben mir auf meinem Handtuch, ich hatte das Buch beiseitegeschoben und mich so weit an den Rand gesetzt, dass Platz genug für sie blieb. Sie sah mich nicht an, als sie weitersprach: »Das Haus ist ausgeräumt, und alles im Container unterwegs nach Bremerhaven. Wir fahren heut Abend nach Frankfurt und fliegen morgen um elf ab.«

Sie weinte. Ich wagte nicht, sie in den Arm zu nehmen. Ich saß nur da und wusste nicht, ob eine unfassbare Stille sich um uns ausgebreitet hatte oder eine unfassbare Leere in mir. Was auch immer es war, Stille oder Leere, es ging nur langsam wieder weg, dann waren da nur ihr leises Schluchzen und der leichte Duft, der von ihrer Haut ausging, nach Seife und irgendwas. Vielleicht Sonnenöl.

»Weiß Paul es schon?«, fragte ich nach einer Weile. Kann sein, es waren Minuten vergangen. Kann sein, auch nur Sekunden.

»Ich hab's ihm geschrieben. Gestern. Wenn der Brief bei ihm ankommt, bin ich schon lange weg.«

»Warum rufst du ihn nicht an?«

»Weiß nicht. Ich kann nicht.«

»Seit wann weißt du es?«

»Seit zwei Tagen. Mein Vater hat es uns vorgestern gesagt, als die Möbelpacker anrückten. Er wollte uns die Ferien nicht versauen.«

»Das überlebt er nicht«, sagte ich nach einer Weile, in der wir wieder nur vor uns hin gestarrt hatten.

»Doch. Du musst auf ihn aufpassen.«

»Und du? Hast du jemanden, der auf dich aufpasst?«

»Paare trennen sich. Das ist normal. Andere überleben das auch.«

»Bist du wirklich so vernünftig, oder tust du nur so?«

»Ich tu so«, sagte sie und schluchzte wieder. Sie verbarg zuerst ihr Gesicht in den Händen, dann lehnte sie ihren Kopf an meine Schulter. Jetzt legte ich doch einen Arm um sie.

»Mir tut das wahnsinnig leid«, sagte ich nach einer Weile, »auch für mich. Nicht nur für Paul.«

»Ich weiß«, sagte sie. Und dann: »Ich muss los.«

»Soll ich dich begleiten?«

»Nein.«

Sie stand auf, ich tat es ihr nach, und wir sahen uns einen Moment lang unschlüssig und verlegen an, dann nahm sie mich, wie damals in der Schule, an den Schultern und küsste mich auf die Nase. »Mach's gut, Superbruder«, sagte sie, drehte sich um und ging mit hängenden Armen und hängenden Schultern zum Ausgang. Ich sah ihr nach, ihr Gang hatte etwas Stampfendes, das überhaupt nicht zu einem halb nackten Körper passen wollte, dann verschwamm ihr Bild, weil jetzt ich weinte. Ich setzte mich schnell wieder hin, damit es niemand sehen würde.

Als Paul zehn Tage später aus England zurückkam, wirkte er wie ein Autist. Er verkroch sich in seinem Zimmer, machte sich in der Schule unsichtbar, starrte vor sich hin und antwortete einsilbig, wenn er angesprochen wurde. Das ging monatelang so. Ich versuchte, einfach in seiner Nähe zu bleiben, damit ich eventuelle Zeichen wahrnehmen konnte, mit denen er seine Bereitschaft zur Kontaktaufnahme signalisieren würde, aber es dauerte bis

Mitte November, da ging er neben mir in die große Pause und bot mir eine von seinen Zigaretten an. Ich nahm sie, obwohl ich seine Marke nicht mochte. Lux. Die schmeckten nach getrocknetem Kuhdung, fand ich, aber ich nahm sie, und er gab mir Feuer.

Bis zum Frühjahr schrieben sie einander Briefe, dann sah ich keinen mehr. Weder im Briefkasten an Paul adressiert, noch auf der Kommode im Flur an Anne, und als ich ihn irgendwann so beiläufig wie möglich fragte, wie es ihr gehe, sagte er nur: »Sie hat einen Freund.«

~

Ich hatte in der Nacht alle Fenster offen gelassen und wachte morgens von den Kirchenglocken auf. Das Rheintal lag vor mir wie aus Glas, jede Kleinigkeit, Hochspannungsmast, Kirchturm, Silo, Bewässerungsanlage, glänzte in der Sonne und wurde vom Föhnwetter zum Teil eines hyperrealistischen Bildes intensiviert, die Welt vor meinen Augen wirkte wie gleichzeitig ganz nah und weit weg. Den Güterzug, der geräuschlos und gemächlich nach Norden rollte, hätte ich mit einer Pinzette aus dem Gleis heben können.

Ein Schwarm von Luftballons, weißen und roten, flog durchs Bild, die Glocken hörten auf, und ich ging nach unten, um die Espressomaschine einzuschalten.

~

Die Zeichnung auf dem gelben Zettel fiel mir ins Auge, als ich mich an den Schreibtisch setzte, um die Abschiedsgeschichte noch einmal durchzugehen. Ich durchsuchte die unterste Schublade der Kommode im Flur und fand einen kleinen Rahmen, der für Fotos gedacht war und perfekt passte. Ich musste nichts abschneiden und nichts als Untergrund hinterlegen.

Chiara hatte sich gut getroffen. Sie könnte Phantombilder für die Kriminalpolizei zeichnen, wenn man das heute noch mit dem Stift oder der Feder machen würde. Man setzt am Computer Einzelteile zusammen, so lange, bis der Zeuge sein Okay gibt. Ich lehnte das gerahmte Bild an die Wand auf dem Sideboard hinter zwei Dinosauriern und einem Pestdoktor aus Venedig.

Als ich die Geschichte ausdruckte und den diesmal dünneren Stapel Papier auf den Schreibtisch legte, juckte es mich für einen Moment in den Fingern, das Deckblatt mit Titel und Datum darunterzulegen, damit Chiaras Blick vom Text gefangen würde, aber ich beherrschte mich. Das war doch schon entschieden.

Ich nahm ein Bad. Das hatte ich schon jahrelang nicht mehr gemacht. Und ich stellte mir vor, Chiara würde hier in meiner Wohnung nach getaner Arbeit dasselbe tun. In irgendeinem Buch hatte ich das vor Jahren gelesen. Hinterher konnte sie sich dann ein Hemd aus meinem Wäschekorb nehmen und darin, ansonsten nackt, durch die Wohnung spazieren. Eigentlich wäre das eine Geschichte: Jemand bespitzelt seine Putzfrau mit Kameras, die er überall in der Wohnung installiert hat.

~

Als ich abends nach dem *Tatort* die Gummibärchen und Trauben hingestellt, den Müll rausgebracht und die Fenster geschlossen hatte, nahm ich meine Wäsche aus dem Wäschekorb, packte sie in eine Ikea-Tasche und hielt mir, ohne nachzudenken, eins der Hemden, das hellblaue, an die Nase. Sicher war es Einbildung, aber es roch nicht wirklich nach mir.

Allerdings kennt man den eigenen Geruch ebenso wenig wie den eigenen Charakter, zumindest nicht dessen Wirkung nach außen, aber irgendwas war da. Eine Nuance, die mir weicher und blumiger schien als das, was von meiner Haut hätte kommen können. Einbildung. Natürlich. Was sonst.

Bevor ich den Computer herunterfuhr, schickte ich noch die Geschichte an Paul, denn ich erinnerte mich, dass er gesagt hatte, der Termin sei relativ knapp.

~

Ich nahm die schnelle, aber lange Strecke über Belfort, weil es Nacht war, und hörte Musik. Zuerst vierhändige Klavierstücke von Schubert, dann *Hejira* von Joni Mitchell. Das Auto fand seinen Weg alleine, und ich bog kurz nach halb eins in den Park der Villa ein. Nirgendwo brannte mehr Licht, kein Javier und keine Camilla waren zu sehen, und ich musste an der Tür den täglich wechselnden Code der Alarmanlage aus meinem Geldbeutel klauben und eintippen.

Ich stellte meine Sachen ab und ging noch mal nach unten, um mir in der Bar ein Glas Wein und ein paar Oliven zu holen, und sah dem flirrenden Blinken der Pappel zu, deren Blätter vom Licht einer Straßenlaterne angestrahlt wurden und sich nervös im Wind bewegten.

~

Es war nicht bei dem einen Glas geblieben, und ich hatte mich noch im Internet verspaziert, deshalb wachte ich erst gegen halb zehn Uhr auf und stolperte halbwegs schlaftrunken unter die Dusche, ohne mir vorher einen

Espresso zu machen und nach einem Croissant von gestern zu suchen.

Ich brachte meine Wäsche weg und setzte mich hinterher vor einem Café auf die Straße, um das ausgefallene Frühstück nachzuholen.

Wieso konnte diese Chiara eigentlich so mir nichts, dir nichts einspringen und Frau Wildenhains Job übernehmen? Hatte die kein eigenes Leben? War sie eigens hierfür aus Italien angereist, oder lebte sie schon lange hier und hatte einfach Zeit gehabt, weil sie arbeitslos war? Der Zeichnung nach konnte sie Künstlerin sein, der sichere Strich und die große Ähnlichkeit mit ihrem wirklichen Gesicht legten diesen Schluss nahe.

Frau Wildenhain konnte ich nicht nach ihrer Freundin fragen, das war unmöglich, aber spätestens, wenn sie sich entschied, für immer in den USA zu bleiben, mussten Chiara und ich irgendeine Art von Kontakt herstellen. Vielleicht würde sie ja lieber legal arbeiten mit Versicherung und minimalem Rentenanspruch. Vielleicht fiele mir auch ein Vorwand ein, um sie zu besuchen. Was dachte ich denn da?

Ich wollte nichts von ihr. Allenfalls mir Gedanken machen über sie. Zu glauben, sie sei der Mensch, der auf derselben raren Frequenz wie ich sendet und empfängt, war lächerlich. Sie hatte einen Sinn für Ästhetik, der meinem entsprach, das war alles.

~

Der Mittagstisch war mau besucht und zum Glück auch schon Viertel nach eins vorbei. Als ich nach oben in meine Wohnung ging, sah ich, dass eine SMS von Paul da war: *Schon wieder toll. Ich beneide dich.*

Natürlich tat er das nicht, es war nur ein Lob. Wenn er

mich wirklich beneiden würde, könnte ich nicht damit leben. Neid ist immer mit Missgunst verbunden, davon bin ich überzeugt, und ich verstehe die Menschen nicht, die beneidet werden wollen. Man mag sich etwas wünschen, das ein anderer besitzt, aber dann wünscht man sich das Gleiche. Wenn es dasselbe wäre, müsste der andere es verlieren. Und weder will Paul mein Geld, noch will ich seine Frau. Doch. Ich will seine Frau. Aber ich will das nicht wollen, weil ich nicht will, dass er sie verliert.

~

Nachdem Anne aus seinem Leben verschwunden war, schrieb Paul noch besessener in sein Notizbuch. So wie man heutzutage manche Leute nur mit gesenktem Kopf kennt, weil sie immer auf ihr Handy starren, so kannte man ihn nur mit dem Blick in sein kleines Buch gesenkt. Er kaufte immer das gleiche oder ein ähnliches nach, wenn eines wieder vollgeschrieben war. Es gab sie in den Läden, in denen man die indischen Schals, die Poster von Guevara, Chaplin, Monroe oder Hendrix, Badges, Räucherstäbchen und groben Silberschmuck bekam.

Ich versuchte, ein Auge auf ihn zu haben, aber das gelang mir nur sporadisch, denn wir waren mittlerweile in verschiedenen Szenen unterwegs. Ich hatte mich den eher lauten Jungs angeschlossen, denen die Anpassung an jeglichen bürgerlichen Komment zuwider war, die für Bands wie Pretty Things, Vanilla Fudge oder Blue Cheer schwärmten und einander im Wettbewerb um die längsten Haare zu überbieten versuchten, während Paul sich für Brel und Brassens begeisterte, Bücher wie *Narziss und Goldmund* ein zweites oder drittes Mal las und dafür die, die ich ihm empfahl, von Bukowski oder Vonnegut, zur Seite legte.

Die Pose des einsamen und empfindsamen Dichters, der sich scheu und irritiert am Rande des Lebens normaler Menschen aufhält, stand ihm so gut, dass er sich um weibliche Gesellschaft keine Sorgen zu machen brauchte. Selbst die abenteuerlustigen und freiheitsdurstigen Mädchen, die sich eigentlich um meine Gruppe scharten, hatten immer ein Auge zur Seite auf Paul gerichtet, und es genügte ein schüchternes Lächeln von ihm, um sie uns abspenstig zu machen. Unser aufgesetztes Siegergehabe hatte keine Chance gegen seine Aura der Verletzlichkeit.

Wir litten beide keinen Mangel an weiblicher Zuwendung, zwar wechselten seine Freundinnen etwas weniger oft als meine, und seltsamerweise probierte keine von ihnen je uns beide aus, obwohl wir uns doch so verschieden präsentierten. Vielleicht glaubten sie uns die Unterschiede nicht, und vielleicht hatten sie recht damit.

Vielleicht aber spürten sie auch, dass man uns nicht wirklich nahekam, denn Paul konnte Anne nicht vergessen, das wusste ich, ohne ihn je danach zu fragen, und bei mir war es ebenso, ohne dass ich das jemals hätte eingestehen müssen.

Unsere Abiturnoten unterschieden sich gewaltig voneinander, Paul bestand glänzend mit eins Komma zwei, und ich gerade eben so mit drei Komma sieben. Ich machte mich auf zu den Höhlen von Matala, und er schrieb sich ein für Germanistik und Philosophie in Tübingen.

~

Ich wollte mich gerade hinlegen und mich bei offenem Fenster vom Gezwitscher der Vögel im Park und dem moderaten nachmittäglichen Verkehrsrauschen in den Schlaf wiegen lassen, als das Handy klingelte. Es war Paul.

»Ich hab grad was richtig Gutes erfahren«, sagte er, ohne sich erst lange mit einer Begrüßung aufzuhalten, »die Geschichte über Form wird mal ausnahmsweise anständig bezahlt.«

»Wie anständig?«

»Zwölfhundert Euro.«

»Sagst du das, weil du mir das Geld jetzt doch aufdrängen willst?«

»Nicht ganz. Aber fast. Wir könnten unsere Reise langsam mal andenken. In der virtuellen Kasse sind dann fast dreitausend, damit ließe sich schon was machen.«

»Und was? Wo willst du hin?«

»Sag du. Du kennst dich in der Welt da draußen besser aus.«

»Venedig?«

»Grandios.«

»Hast du die Stadt nicht über?«

»Niemals, das ist unmöglich. So stumpf kann keiner sein.«

»Kommt Anne mit«, fragte ich, »oder sollen wir eine Herrenpartie machen?«

»Sie will uns sicher alleine ziehen lassen, aber ich frag sie gern.«

»Entscheide du.«

»Herrenpartie.«

»Soll ich mich schon mal umsehen nach einer Wohnung? Hast du einen Zeitraum, der dir am liebsten wäre?«

»Ich kann mich nach dir richten. Ich hab ein paar Lesungen im nächsten Halbjahr und ansonsten alle Zeit der Welt.«

»Gut, dann guck ich mal.«

»Hast du denn schon eine Idee für die Geschichte? Ich meine, die über Form?«

»Vielleicht einen Architekten, der einen Wettbewerbsbeitrag vorstellt.«

»Gut«, sagte Paul, »und er erklärt den Leuten, worum es geht, und sie kapieren nichts.«

»Ja, und auf der Reise zur Präsentation sieht er lauter hässliche und falsche Dinge.«

»Und trifft Leute mit schlechten Manieren. Dann ist das Thema Form noch um die Umgangsform erweitert.«

»Super. Gefällt mir.«

»Also. In diesem Sinne. Weg mit den Alpen.«

»Freie Sicht auf die Adria.«

Ich hörte ihn noch lachen, bevor er auflegte. Das mit der Adria war eine neue Variante.

~

Das Vogelgezwitscher war zu nervös, und der Nachmittagsverkehr nicht moderat genug, immer wieder brüllten Lastwagenmotoren in niedrigen Gängen durch die milde Klangkulisse. Mein Fenster wollte ich nicht schließen, dafür war es zu heiß, also setzte ich mich an den Laptop und suchte im Internet nach Ferienwohnungen in Venedig.

Ich wusste nicht, ob es mir gefallen hätte, wenn Anne mitgekommen wäre. Vermutlich nicht. Ein glückliches Liebespaar ist aus einiger Entfernung der bessere Anblick als aus allzu großer Nähe. Wenn Paul und ich zusammen sind, dann sind wir zwei Individuen, die einander zwar auf absurde Weise ähneln, aber jeder von uns repräsentiert seine eigene Welt, sein eigenes Ich, und nimmt weder dem anderen etwas weg, noch ist er verantwortlich für dessen Wohlergehen. Wenn ich aber mit den beiden zusammen bin, dann bin ich nur wenig mehr als eine Art Echo meines Bruders. Der Klon. Für den man sich etwas ausdenken muss, damit er sich nicht überflüssig fühlt.

~

Nach meiner montäglichen Schwimmrunde und einem Spaziergang durch die Stadt verbrachte ich den Abend mit ein paar Butterbroten und einer Flasche Wein vor dem Fernseher. Den Wein trank ich nur zur Hälfte, aber das Fernsehen ließ ich laufen, bis mir die Augen zufielen.

Eigentlich ist das bei mir ein schlechtes Zeichen, wenn ich zu viel fernsehe. Es kommt eher im Winter vor, wenn die Dunkelheit mich bedrückt, oder in Zeiten, in denen ich mich leer und alleine fühle, aber manchmal liegt die Fernbedienung auch an guten Tagen einfach zu weit weg.

Dabei ist mir dieses ständige Morden und Quälen und Sezieren ebenso zuwider wie das Explodieren von Autos, Hubschraubern und Villen, aber vom normalen Leben normaler Menschen handeln nur noch die älteren französischen Filme oder eher peinliche deutsche Fernsehproduktionen. Da kommt dann eine tapfere frisch Geschiedene ins Dorf ihrer Jugend zurück und will das Hotel ihres Onkels für die Belegschaft retten, aber der gut aussehende Hedgefonds-Manager hat andere Pläne. Diese Sorte Film zappe ich schon bei den ersten Tönen der Titelmusik weg. Um dann nur wieder irgendwo zu landen, wo zerstückelt und geschossen und gerannt wird.

~

Dienstagmittag hatten wir »hohen Besuch«, so nannte das George jedenfalls mit einer Kopfbewegung zum Fenster hin, wo ein Chauffeur im Park zu sehen war, der hinter einem großen schwarzen Audi stand und eine Zigarette rauchte. Ein jüngerer Mann mit Strickjacke, eine bebrillte Dame im grauen Kostüm und ein etwas älterer Herr im blauen Anzug mit Krawatte saßen am schönen Tisch, sprachen halblaut und steckten die Köpfe zusammen.

Ich machte meine Aufwartung und versuchte, die Hierarchie zu erraten, aber ich kam nicht weit damit. Die Strickjacke deutete mit ihrer Nonchalance auf das größere Selbstbewusstsein und damit den höheren Status hin, das Kostüm konnte Unterordnung bedeuten, der Anzug ebenfalls, aber das Alter seines Trägers sprach dagegen. Falls die Frau Assistentin eines der beiden Männer war, konnte ich nicht raten, zu wem sie gehörte. Sie saß neben dem Jüngeren, hing dem Älteren an den Lippen, aber dabei wirkte sie seltsam neutral und vorsichtig. Die drei sprachen, soweit ich das mitbekommen konnte, englisch miteinander, aber jeder mit anderem Akzent. Die eventuelle Assistentin klang italienisch oder spanisch, der Strickbejackte deutsch oder österreichisch oder auch holländisch, und der Herr im Anzug konnte ein Pole oder Tscheche sein.

Alle drei hatten sie die etwas ungeschliffene Selbstsicherheit von Politikern, die es aus den verschiedensten Schichten der Gesellschaft in die Existenz eines Jetsetters verschlagen hat, der nichts mehr selbst tun muss, weil ihm dienstbare Geister alles abnehmen. Die Buchung eines Restaurants, eines Flugs oder eines Opernbesuchs, das Wegbringen und Abholen der Wäsche, Termine, Geschenke – diese Leute können wie Rockstars wieder kindisch werden und sich alles wünschen. Jemand schafft es her.

Ich habe ein Vorurteil gegen diesen Berufsstand, jedenfalls was seine Vertreter aus Straßburg betrifft, die wir hier gelegentlich zu Gast haben. Sie verstecken sich hier entweder mit ihren Affären, oder um irgendwelche diskreten Treffen vor den Augen der Presse oder anderer Kollegen zu verbergen. Ich sehe sie als Blender an, deren Lebenszweck darin besteht, Büfetts leer zu essen und ihren Namen in die Nachrichten zu kriegen.

~

Während meiner Abendschicht klapperte ich im Internet die venezianischen Ferienwohnungen ab, und nachdem ich die letzten Gäste verabschiedet hatte, schickte ich die Links von drei Favoriten per E-Mail an Paul.

Oben in meiner kleinen Wohnung wollte ich eigentlich noch ein bisschen als Zaungast durch Facebook scrollen, aber ich ließ den Laptop zu, weil ich auf einmal müde war, trank das Glas Wein aus, das ich mit hochgenommen hatte, und legte mich hin. Müde sein und schlafen dürfen ist großartig. Jeden Tag.

~

Sie stand wie beim letzten Mal ans Fenster gelehnt, das Gesicht im Dunkel und diesmal, soweit ich das beurteilen konnte, nur mit einem langen T-Shirt bekleidet, unter dem ihre nackten Beine zu sehen waren.

»Sie wüssten gern, ob ich Ihre Geschichten lese«, sagte sie.

»Ja.«

»Ich kann das leider nicht beantworten.«

»Warum nicht?«

»Solche Fragen kann man nur tagsüber klären, nicht im Traum. Wir müssten uns über den Weg laufen, dann könnten Sie mich fragen.«

»Sollen wir uns verabreden?«, fragte ich.

»Auch das geht nicht im Traum.«

»Haben Sie mein blaues Hemd getragen?«

»Vielleicht.«

Wir schwiegen eine Weile, bis mir eine neue Frage einfiel: »Sind wir eigentlich in Luxeuil oder zu Hause?«

»An einem anderen Ort. Der ist fragil und ungenau. Wenn Sie jetzt etwas anfassen wollten, würde es verschwinden.«

»Aber ich habe Ihre Hand gespürt, als Sie mich berührt haben.«

»Ja und?«

»Ich bin nicht verschwunden.«

»Es kommt darauf an, wer wen träumt. Wenn Sie *mich* träumen, kann ich Sie anfassen, wenn ich Sie träume, können Sie mich anfassen.«

»Das klingt kompliziert.«

»Ist es aber nicht.«

»Ich fände es schön, wenn wir einander gleichzeitig träumen würden.«

»Vielleicht tun wir das ja.«

»Und wie wüssten wir, dass wir es tun?«

»Mit der Anfassprobe. Wenn wir uns beide anfassen können, ohne gleich danach aufzuwachen, dann träumen wir gleichzeitig.«

»Wollen wir das versuchen?«

»Ein andermal.«

Ich war hellwach, und ich spürte, dass ich lächelte. Die machte sich lustig über mich. Und meine Traumserie wurde immer vertrackter. Jetzt bekam ich schon Erklärungen zu hören, was im Traum geht und was nicht und wie man herausfindet, wer wen träumt. Es wurde immer besser.

~

Weil ich in der Nacht hatte feststellen müssen, dass mein hiesiges Schokoladendepot leer war, ging ich am Vormittag in den Supermarkt und kaufte dort auch gleich noch Senf und Wein für zu Hause.

Am Nachmittag rief mein Bruder an. Von den drei Wohnungen, zu denen ich ihm die Links geschickt hatte, gefiel ihm die beim Ospedale am besten. Natürlich. Die war auch mein Favorit gewesen. Wir einigten uns auf die Woche Ende September und Anfang Oktober, und nachdem ich aufgelegt hatte, machte ich mich sofort an die verbindliche Buchung. Und spürte meine Vorfreude.

~

Das Summen der Gespräche aus dem Gastraum am nächsten Abend, das Gläserklirren und gelegentliche Lachen hatte etwas so Beruhigendes an sich, dass ich in meinem kleinen Büro fast eingenickt wäre. Ich hatte auf meinen Mittagsschlaf verzichtet, um schwimmen zu gehen und hinterher die Wäsche abzuholen, und war versucht, mir ein Glas Wein einzuschenken und erst am Freitagmorgen nach Hause zu fahren. Aber dann entschied ich mich für Espresso und Disziplin. Morgen früh würde ich mir dafür dankbar sein.

Javier, der im Vorübergehen gesehen hatte, wie ich auf meine Armbanduhr schaute, als ich an der Espressomaschine beschäftigt war, sagte, ich könne mich ruhig aufmachen, wenn ich wolle, er werde den Rest übernehmen. Der Kassenabschluss war ohnehin seine Domäne, beim Aufräumen habe er noch Hilfe von den beiden Kellnerinnen, und die Alarmanlage schalte er nicht zum ersten Mal ein. Ich nahm an und war zehn Minuten später draußen. Und fühlte mich wie früher beim Schuleschwänzen.

5

Ob es an der halben Stunde lag, die ich früher losgefahren war, oder an dem nun schon tagelang anhaltenden herrlichen Sommerwetter, ich fuhr bis Lure in einer Art Dauerschlange, die sich dann ein wenig ausdünnte, aber erst hinter Hericourt ganz verschwand. Ferienbeginn konnte es nicht sein, aber vielleicht war hier in Frankreich ein Feiertag, von dem ich nichts wusste, oder es gab irgendein größeres Ereignis in der Umgebung. Pferderennen, Papstbesuch, Rockkonzert. Solch dichten Verkehr kannte ich hier nur zur Weihnachts- oder Ferienzeit.

Ich war froh, auf der Autobahn endlich losstürmen zu können, an Belfort und Mulhouse vorbei, über den Rhein und ein Stückchen nach Norden und dann über die schlafenden Dörfer nach Hause.

~

Die Geschichte über den Architekten ging mir nur anfangs leicht von der Hand, die erste Seite flog einfach so auf den Bildschirm, aber dann verbrachte ich den ganzen restlichen Freitag damit, einen Satz nach dem anderen zu überlegen, notieren, ändern, schließlich stehen zu lassen – es war harte Arbeit. Ich ließ das Einkaufen ausfallen und begnügte mich mit dem, was der Kühlschrank hergab, nahm ein Bad am späten Nachmittag und hatte abends erst etwa die Hälfte der Geschichte fertig.

Hatte ich meinen Lauf schon hinter mir? War es das mit der Schreiberei? Ich wusste von Paul, dass diese Phasen normal sind und immer auch wieder vorbeigehen. Der Geist zwingt dir seine Pause auf, sagte er, aber er sagte es, je nachdem, ob er gerade drinsteckte und ängstlich war oder es hinter sich hatte, in sehr verschiedenem Ton.

Die Angst sei jedes Mal gleich groß, erklärte er mir, als ich ihn in solch einer Phase zu trösten versucht hatte, und sie sei auch jedes Mal gleich realistisch, denn es könne ja tatsächlich jederzeit zu Ende sein. Irgendwann finde sich keine neue Abzweigung im Wegenetz der eigenen Fantasie mehr, und dann gebe es nur noch ausgetretene Pfade, und man sei erloschen. Das sei zu vielen seiner Kollegen passiert, als dass er nicht jedes Mal in Panik gerate, wenn er sich wieder schwach und leer und fade fühle.

Pauls Schreiben ist seine Existenz. Nicht nur die materielle, sondern auch die ideelle. Einfach so vor sich hin zu leben, irgendwas zu essen, zu trinken, zu reden oder anzuhören, mal hierhin, mal dorthin zu reisen, zu schlafen und die Tage gelassen und heiter hinter sich zu bringen – das ist ausgeschlossen für ihn.

Ich fürchte, für mich gilt das auch. Ich bin zwar nicht angewiesen auf Geld, aber ich kann nicht leben, ohne mir eine Bedeutung einzubilden. Und sei es nur das bisschen Bedeutung für irgendeinen unbekannten Menschen, der mit dem Kopf nickt, lächelt oder gar tief Luft holt beim Lesen einer meiner Sätze.

Paul glaubt, es sei der Wille zu lernen, der ihn am Leben erhalte und daran hindere, stumpf und feindselig zu werden, aber ich glaube, er sieht nur einen Teilaspekt. Es ist die Liebe. Er liebt und wird geliebt, deshalb bleibt er wach und ist bereit zu lernen, denn man kann nicht lieben, ohne zu lernen.

So wie ich das sehe, kann Liebe nicht als etwas Statisches existieren. Es ist nicht so, dass man sie eben einmal in sich entdeckt, und dann ist sie für alle Zeiten da, denn sie richtet sich auf ein lebendes Wesen, und dieses Wesen verändert sich. Folgt die Liebe diesen Veränderungen nicht, dann gilt sie irgendwann einem übrig gebliebenen und zum Phantombild gewordenen Porträt verschwundener Wirklichkeit. Der geliebte Mensch hat sich aus diesem Bild davongestohlen, er ist ein anderer geworden, und wenn man alle die kleinen Schritte nicht sieht, die er vollzieht, dann kann man sie nicht mitgehen. Und irgendwann findet man sich auf zwei verschiedenen Ufern eines breiten und brückenlosen Flusses.

Aber wer bin ich, solche Sentenzen abzusondern. Das, was ich von Liebe weiß, ist nur der halbe Apfel. Die andere Hälfte kenne ich nur als Zaungast aus dem Leben meines Bruders.

~

Das trockene Brot vom letzten Wochenende steckte ich in den Toaster und belegte es mit Tomatenwürfeln, Frühlingszwiebeln und Petersilie. Das sollte eigentlich nur die Vorspeise sein, aber als ich die beiden Brote gegessen hatte, war ich satt und stellte die Minestrone, die ich mir als Hauptmahlzeit aufgesetzt hatte, mit einem Deckel auf dem Topf zur Seite.

Ich ging noch die Geschichte vom vorigen Wochenende durch, fand einiges zu korrigieren und schickte die neue Fassung an Paul, dann ergab ich mich der Gewaltorgie im Fernsehen, bis mir die Bilder vor den Augen verschwammen.

~

Als ich nach dem Duschen vor meinem Kleiderschrank stand, griff ich nach dem hellblauen Hemd, obwohl es im Stapel weiter unten lag. Ich ertappte mich bei der Vorstellung, Chiara und ich würden uns dieses Hemd ab jetzt teilen, es müsse also schnell wieder in den Kreislauf zurück, um wieder für sie zur Verfügung zu stehen.

Beim Einkaufen trödelte ich am Olivenstand länger als sonst, ließ einen Herrn mit Rollator und eine Frau mit Kinderwagen vor, kaufte dies und prüfte das, alles in der Hoffnung, sie möge auftauchen, aber ich wurde enttäuscht.

Dafür motivierte mich der Gedanke, dass sie eine Art Anrecht auf eine fertige Geschichte habe, zum Weiterschreiben, und es gelang mir tatsächlich, bis zum Abend den armen Architekten durch ein verregnetes Hannover zu schicken, ihm eine peinliche Präsentation zuzumuten, damit er abends in der Hotelbar einer herzlich lässigen Taxifahrerin begegnen konnte.

Ich druckte aus und war erleichtert und zufrieden, genoss meine Minestrone vom Vortag mit frischem Brot, ließ den Fernseher links liegen und ging stattdessen eine Stunde lang durch die Weinberge und am Waldrand entlang, auf dem Rückweg wie zufällig am Häuschen von Frau Wildenhain vorbei, dessen Fenster erleuchtet waren, aber weil es oberhalb der Straße lag, sah ich nur die Zimmerdecken und ging weiter.

Ich stellte mir vor, wie im *Schrei der Eule* von Patricia Highsmith hinter einem Baum versteckt, Chiara beim Lesen oder Kochen oder Reden mit sich selbst zu beobachten, nur um in die Wärme ihres Lebens einzutauchen, nicht als Spanner, der sie nackt zu sehen hofft, sondern als sehnsüchtiger Bewunderer ihrer Zufriedenheit. Dann fielen mir die schauerlichen Wendungen der weiteren Geschichte ein, die Tragödie, die von dieser nur halb unschuldigen Beobachtung ausging, und ich verdrängte die Vorstellung wieder, so gut es ging, und überlegte mir stattdessen ein Zeichen, an dem ich erkennen konnte, ob sie meine neue Geschichte gelesen hatte.

Wenn ich zwei Seiten vertauschte? Sie würde nach dem Lesen vielleicht nicht daran denken, die ursprüngliche Unordnung wiederherzustellen. Vielleicht aber doch. Bei ihrer Spezialbegabung für Anordnungen und Kompositionen konnte ich mich nicht darauf verlassen. Ein Haar zwischen die Seiten praktizieren? Staub?

Ich verschob die Planung meiner Falle auf den Sonntag und las mein Buch zu Ende. *Früh am Morgen beginnt die Nacht* von Wally Lamb, nicht zufällig eine Zwillingsgeschichte, die mich mit ihrer existenziellen Wucht erschütterte.

~

Paul und ich sahen einander nach dem Abitur fast zwei Jahre lang nicht. Ich war unterwegs, zuerst in Südeuropa, dann in Nordamerika, jobbte als Kellner, Küchenhelfer, Erntehelfer und ein halbes Jahr lang als Handlanger für Karl, der sich und unserer Mutter ein Haus auf Teneriffa baute.

Als Paul dorthin zu Besuch kam, um das fast fertige Haus zu besichtigen, war ich schon wieder weg, auf Tournee als Roadie mit einer walisischen Rockband.

Wir ließen einander Grüße ausrichten, denn mit unserer Mutter telefonierten wir alle paar Wochen. Wir mussten uns dazu immer fest verabreden, denn das nächste für sie erreichbare Telefon war in einem Hotel unten am Strand. So erfuhr ich irgendwann, dass Paul Philosophie aufgegeben und stattdessen Anglistik als zweites Fach genommen hatte. Dass er Konzertberichte und anderes Feuilletonistisches für die Tageszeitung schrieb und damit sein Studium finanzierte. Von Karl hätte er keinen Pfennig angenommen, und auf Bafög hatten wir kein Anrecht, weil unsere Eltern zu wohlhabend waren.

Ganz am Anfang, als Karl nach dem Tod unseres Vaters viel zu früh aufgetaucht war, redete Paul ein halbes Jahr lang kein Wort mit ihm. Dann tat ihm aber unsere Mutter so leid, dass er sich zu einer Art neutraler Höflichkeit durchrang, aber über diese ist er nie hinausgekommen. Er beleidigte Karl nicht, ignorierte ihn nicht mehr ostentativ wie noch zu Anfang, aber mehr, als hin und wieder ein paar desinteressierte, nicht verletzende Worte zu wechseln, konnten sie sich beide nicht mehr abringen. Karl hatte sich anfangs große Mühe gegeben, diesen verschlossenen und feindseligen Jungen zu erobern, aber irgendwann aufgegeben und sich mit mir begnügt.

Ich verstand Paul, er wollte unserem Vater ein Denkmal setzen, aber was er seiner Mutter und ihrem freundlichen Mann damit antat, dass er dessen immer wieder ausgestreckte Hand immer wieder ausschlug, war nicht in Ordnung. Er war starr. Vielleicht hat ihn diese Starre und Beharrlichkeit dann später zu einem verlässlichen und treuen Menschen gemacht, aber Karl und unserer Mutter gegenüber war sie grausam.

Normalerweise stellt man sich als junger Mann gegen seinen Vater, man entwickelt und positioniert sich als Gegenteil von allem, was einem an diesem Vater missfällt, aber unserer war zu früh verschwunden, Karl war nicht wirklich satisfaktionsfähig, also entschied zumindest ich mich, alles, was mir an Paul missfiel, bei mir selbst nicht zuzulassen. Ich wollte nicht starr sein.

Irgendwann besuchte ich ihn in Tübingen. Die Band, für die ich als Roadie arbeitete, hatte ein paar Tage frei nach einem Konzert in Stuttgart, so dass alles, Instrumente, Licht und Tonanlage, im Lastwagen blieb, einem Siebeneinhalbtonner Bedford-Truck mit Rechtslenkung, den ich alleine nach Hamburg zum nächsten Gig fahren würde.

Er lebte mit einer Freundin zusammen, die mich an Anne erinnerte. Die gleichen, zwar nicht roten, aber immerhin dunklen Locken, die gleichen blauen Augen, eine zerbrechliche, aber lebendige Erscheinung, die mir gleich sympathisch war, als sie die Wohnungstür öffnete und mich anstarrte.

»Ich bin bloß der Bruder«, sagte ich, weil sie einfach nur dastand und nichts weiter tat, als die Türklinke festzuhalten und mich mit fassungslosem Blick, den sie anscheinend nicht von meinem Gesicht wenden konnte, anzusehen.

»Entschuldige«, sagte sie dann doch nach einer Weile, und es kam Bewegung in sie, die Tür ging ganz auf, und sie machte eine einladende Geste, »so brutal hab ich mir das nicht vorgestellt.«

Brutal war damals ein gebräuchlicher Ausdruck für alles, was man stark oder beeindruckend fand, man konnte durchaus hören, etwas sei brutal schön oder brutal gut. Also konnten Paul und ich einander auch brutal ähnlich sein.

Ich war eingetreten und hörte sie hinter mir sagen: »Dass es den einfach noch mal gibt, hätte ich nicht für möglich gehalten.«

Paul und ich hatten zufällig gerade die gleiche Haarlänge und keinen Bart, wir unterschieden uns nur durch die Kleidung. Meine Roadiekluft aus schwarzen Jeans und schwarzer Lederjacke, schwarzen Turnschuhen und schwarzem T-Shirt setzte sich deutlich ab von seinem Intellektuellenhabit aus brauner Cordhose, grauem Rollkragenpullover und sandfarbenem Tweedjackett mit stilechten Lederflicken auf den Ellbogen.

Er kam kurz nach mir an, seine Freundin, von der ich inzwischen wusste, dass sie Silke hieß, hatte mir eine Tasse Kaffee angeboten, mit der ich ein bisschen verlegen herumstand, ohne zu wissen, wo ich sie abstellen konnte, als Paul mich umarmte.

»Dass ich dich noch mal zu sehen kriege«, murmelte er in Richtung meines Schlüsselbeins, als wir uns voneinander lösten, »erstaunlich, erstaunlich.«

Es war Silke zu verdanken, dass wir den halben Abend über erzählten, Paul von seinem ersten Manuskript, das er vielleicht einem Verlag schicken würde, vielleicht aber auch nicht, ich von diversen Weltgegenden, in denen ich mich inzwischen aufgehalten hatte, und Silke von ihrer skurrilen Kindheit als eine von fünf Töchtern eines religiösen Fanatikers, der ihnen weltliche Lieder, offene Haare und das Tragen von Hosen verboten hatte. Wären wir nur zu zweit gewesen, dann hätte sich wohl gleich wieder die männlich wortkarge Minimalkonversation durchgesetzt, in der man einander fragt, wie es läuft und ob man noch ein Bier will.

Sobald sie sich verabschiedet hatte, weil sie zu ihrer Frauengruppe ging, verstummten wir, und es dauerte nicht allzu lange, bis ich den Vorschlag machte, das Tübinger Nachtleben zu frequentieren. Paul stimmte zu, obwohl er offensichtlich keine Lust hatte, aber er wollte mir als seltenem Gast den Wunsch nicht abschlagen. Wir landeten in einer lauten Diskothek namens Tangente, wo wir uns der wuchtigen Musik überließen und keiner von uns auf die Idee kommen konnte zu reden.

Waiting For The Wind von Spooky Tooth dröhnte in nahezu Konzertlautstärke über uns hinweg, dann *Baba O'Riley* von den Who und *All Right Now* von Free, wir sahen den anderen beim Tanzen zu, rauchten, tranken und vergaßen die Zeit, bis der DJ wechselte und Sachen wie *Baker Street* und *Please Don't Let Me Be Misunderstood* ertönten. Mit Blick und Kopfbewegung einigten wir uns darauf, den Ort zu wechseln und gingen nach draußen und die paar Hundert Meter zum Fluss, um uns dort auf die Ufermauer zu setzen.

»Der Laden ist gut, wenn man sich gern einsam fühlen will«, sagte Paul versonnen nach einer Weile, in der wir nur dem Glucksen der kleinen Wellen unter den festgezurrten Stocherkähnen an der Anlegestelle gelauscht hatten.

»Die Tangente?«

»Ja.«

»Hab ich nicht. Mich einsam gefühlt, meine ich.«

»Ich auch nicht, du warst ja da.«

»Hast du je wieder was von Anne gehört?«

»Ich hab vor einem Jahr mal versucht, bei der Uni in Baltimore rauszukriegen, wo sie hingezogen sind, aber da hab ich auf Granit gebissen. Sie kann überall auf der Welt sein.«

»Und wenn sie es auch versucht hat?«

»Was? Mich finden?«

»Ja.«

»Das hat sie nicht.«

»Wieso bist du dir da so sicher?«

»Weil es in Deutschland Einwohnermeldeämter gibt. Da geht keiner verloren.«

Er hatte recht. Aber bevor wir hätten deprimiert werden können von der Erkenntnis, dass sie keine Sehnsucht nach ihm zu haben schien, fügte er noch hinzu: »Wer weiß, ob wir noch irgendwas gemeinsam hätten. Es ist viel Zeit vergangen.«

Wir spekulierten noch eine Weile darüber, was aus ihr geworden sein könnte, eine kreischende Cheerleaderin oder eine angepasste Ivy-League-Studentin, wir dachten uns extra negative Beispiele aus und bemühten jedes Klischee über Amerika, das wir, er aus zweiter und ich aus erster Hand, kannten, um uns aus der traurigen Stimmung wieder herauszuspötteln, aber es gelang uns nicht besonders gut. Irgendwann sagte Paul: »Ich glaube, mir wär's egal. Sie könnte auch ein aufsteigender Stern bei den Republikanern sein und mit Reagan-Fähnchen wedeln. Ich würde trotzdem alles stehen und liegen lassen für sie.«

»Auch Silke?«

»Ich mag sie«, sagte er und zuckte dabei mit den Schultern.

Wir gingen durch die Platanenallee flussaufwärts, es war Anfang Oktober und noch sehr warm, deshalb hörten wir hier und da Getuschel, Geraschel oder Geplauder vom Ufer her, die Bäume hatten ihr Laub noch keinem frühen Herbststurm überlassen müssen, also war das einzige Geräusch, das wir beim Gehen machten, das Quietschen meiner Turnschuhe.

»Es gibt *eine* Liebe im Leben«, sagte Paul, »nur eine. Die kann man vielleicht splitten, sie auf die Kinder und vielleicht eine Katze oder einen Hund verteilen, aber du kannst sie nicht von einem Menschen abziehen und einem anderen zukommen lassen.«

Er verblüffte mich. Das hatte er schon früher als Kind getan, zum Beispiel mit der Aussage, dass wir mit jedem Schritt, den wir tun, kleine Tiere umbringen.

»Anne?«, fragte ich.

»Ja.«

Bei ihm zu Hause betranken wir uns schweigend, einfach weil wir noch nicht müde waren und sonst nichts zu tun wussten. Als Silke kam, grinsten wir sie nur noch wortlos an.

»Das ist gespenstisch«, sagte sie, »brutal.«

Am nächsten Morgen beschloss ich, meine Weltenbummlerattitüde aufzugeben, und suchte mir ein Zimmer, schrieb mich an der Uni für Kunstgeschichte ein und fuhr nach ein paar Tagen den Bedford Truck nach Hamburg, wo ich der Band eröffnete, dass sie sich nach einem neuen Roadie für die anstehende Südeuropatournee umsehen mussten.

Eineinhalb Jahre später eröffnete Paul mir, dass er und Silke heiraten würden, bat mich, ihr Trauzeuge zu werden, und wischte meine vorsichtig vorgebrachten Bedenken mit einer so unsicher wie herrisch wirkenden Handbewegung weg. »Es ist das Richtige«, sagte er.

Wir wussten beide, dass er unrecht hatte, aber anscheinend glaubte er, sich mit dieser Entscheidung ein für alle Mal Anne, die ein Phantomschmerz in seinem Innern geworden war, aus dem Herzen reißen zu können.

~

Diesmal hatte sie wieder ihre Hand auf meinem Oberschenkel liegen. Ich spürte das kleine warme Surren, noch bevor mir klar wurde, wovon es ausging. Ich hatte den Eindruck, dass sie lächelte, aber ich war mir nicht sicher –

der Mond musste schon über den Dachfirst gewandert sein.

»Sind Sie eigentlich scharf auf mich?«, fragte sie. Und nach einer Weile: »Entschuldigen Sie die Direktheit. Das ist vielleicht nicht so höflich.«

»Schon okay«, sagte ich und hatte den Eindruck, meine Stimme klinge unsicher.

»Und?«

»Sie könnten meine Tochter sein.«

»Eben. Deshalb frage ich ja. Wären Sie in meinem Alter, hätte ich geringere Zweifel.«

»Ich weiß nicht, was ich antworten könnte. Auch nicht, was ich vielleicht antworten sollte. Hätten Sie denn gern, dass ich scharf auf Sie bin?«

»Ob ich das gern hätte, weiß wiederum ich nicht, aber dass ich es gern wüsste, weiß ich.«

»Es ist was anderes«, sagte ich, »das Thema Eros ist nicht mehr so abendfüllend bei mir.«

»Dieses andere, können Sie sagen, was das ist?«

»Ich kann mich herantasten, vielleicht. Ich könnte es so ausdrücken: Ich wäre froh, wenn Sie meine Tochter wären.«

»Das ist ein Kompliment. Danke. Ich suche allerdings keinen Vater. Ich liebe den, den ich schon habe.«

»Klingt das traurig?«

»Vielleicht.«

»Ich hätte gern eine Tochter, die so ist wie Sie: stolz, begabt und eigenständig.«

»Das alles wissen Sie von mir?«

»Wissen ist nicht das richtige Wort. Aus dem wenigen, das ich von Ihnen weiß, schließe ich das.«

»Ich bin Ihre Schöpfung, eine Projektion. Mehr nicht.«

»Das weiß ich. Aber diese Projektion beschäftigt mich, ich denke an sie, ich hoffe, dass sie meine Geschichten liest, ich hätte sie gern als Tochter oder Freundin oder Gesprächspartnerin – ich weiß auch nicht. So genau weiß ich das alles auch nicht. Das ist neu für mich.«

»Sie sind süß.«

»So spricht meine Schöpfung.«

»Und jetzt geht sie auch wieder. Sie muss noch ein paar Stunden schlafen.«

Es war kurz vor vier. Das zeigte die Küchenuhr im Licht des Kühlschranks an. Ich lächelte immer noch. Meine Schöpfung war eine unterhaltsame Person. Ein bisschen rabulistisch vielleicht, aber das ist ein Zeichen von Intelligenz. Pygmalion und My Fair Lady kämen heutzutage auch nicht mehr mit naiver Unschuld auf die Welt.

~

Andere Träume vergesse ich normalerweise, aber Chiaras Besuche waren mir alle auch am Morgen danach noch klar in Erinnerung. So auch an diesem Sonntag, der sich windig, aber warm anließ und mir den Abschied am Abend schwer zu machen versprach. Statt wieder in meine französische Gastronomenexistenz überzuwechseln, hätte ich lieber die ersten Notizen für eine neue Geschichte festgehalten, die mir nachts vor dem Kühlschrank eingefallen war.

Aber die sollte mir nicht weglaufen, und ich bin ein Ritualmensch, also ging ich, nachdem ich gefrühstückt und geduscht hatte, die Architektengeschichte im verregneten Hannover noch einmal durch, druckte sie aus und brachte gleich drei geheime Zeichen darin an. Zwischen die zweite und dritte Seite legte ich ein Haar, und zwar oben auf das Blatt, so dass es Zeit brauchen würde, um innerhalb des geschlossenen Stapels herunterzurutschen, die fünfte Seite legte ich mit der Rückseite nach oben ein, und die neunte vertauschte ich mit der zehnten. Und ich kam mir tückisch und voyeuristisch vor. Und konnte es kaum abwarten, am nächsten Donnerstagabend zu sehen, ob sie gelesen hatte.

Die Sonntage und Donnerstage sind immer unvollständig. Da ich jeweils abends wegfahre, fühlt sich der Tag halbiert und verstümmelt an. In Luxeuil, wo ich in den Betriebsablauf integriert bin, weniger als zu Hause, wo ich mich als autonom erlebe, aber an beiden Tagen räume ich eher auf und schließe ab, was davor wichtig war, ich fange nichts Neues an und erlebe mich selbst als auf eine irrationale Art eilig und gehetzt.

Ganz am Anfang meiner Zweistaatlichkeit habe ich experimentiert, bin mal freitagmorgens und mal montagmorgens losgefahren, aber montags musste ich dafür früher aufstehen, als mir lieb ist, und freitags hatte ich das Gefühl, eine kostbare Nacht verschenkt zu haben. Irgendwann bürgerte es sich so ein, wie ich es jetzt schon seit Jahren halte, und ich störe mich nicht mehr daran, dass das Wegfahren am Abend eine melancholische Komponente enthält und sich immer ein bisschen falsch anfühlt.

~

Ich machte Pause in Turckheim und setzte mich vor ein Restaurant, das von jungen Heavy-Metal-Fans betrieben wurde. Ich kannte dieses Lokal von früheren Besuchen und mochte es, weil es so anders war als die eher nepporientierten weiter vorne am Stadttor. Flammkuchen schmeckt im Elsass überall gut, und etwas anderes esse ich nie bei diesen Zwischenstopps.

Auf der Weiterfahrt nach Westen spielte ich die Geschichte durch, die mir in der Nacht eingefallen war. Ich würde einen Menschen wie mich, der die Woche über nicht zu Hause ist und seine Wohnung mit Kameras anstatt der Rauchmelder ausgestattet hat, zum Voyeur aus Versehen machen, der eine ihm unbekannte Vertretung seiner Putzfrau übers Internet beobachtet.

~

Magali und George kamen mir entgegen, als ich im Garten vor der Villa geparkt hatte und ausstieg. Sie erzählten mir lachend von einem Eklat, der am Abend passiert war, eine Frau hatte ihrem Mann ein Glas Wein ins Gesicht geschüttet und war dann wortlos gegangen. Der Mann hatte ebenfalls wortlos seine Serviette genommen, sich das Gesicht abgetrocknet, zwei Hunderter neben seinen Teller gelegt und sich mit einem Kopfnicken in die eisige, peinlich berührte Runde verabschiedet. Die beiden würden nicht wiederkommen.

Magali hatte improvisiert und allen Gästen ein Getränk auf Kosten des Hauses angeboten. Unter einer Bedingung, hatte sie hinzugefügt: Es wird ins jeweils eigene Gesicht geschüttet. Damit war die Peinlichkeit überstanden und in Lachen und Applaus verwandelt worden.

»Kommst du noch auf ein Glas zu uns?«, fragte Magali und hakte sich schon einmal vorsorglich bei mir unter.

George, der sah, dass ich mich herausreden wollte, unterstützte seine Frau: »So jung kommen wir nicht mehr zusammen.«

»So jung seid nur ihr beide«, sagte ich, »ich bin schon eher so alt.«

»Blödsinn«, sagte Magali, und weil das mit ihrem Akzent so lustig klang, ging ich mit.

Und ich bereute es nicht. Zwar war ich nach zwei Stunden ein bisschen betrunken, denn meine Zwei-Glas-

Disziplin funktioniert nur, wenn ich alleine bin, in Gesellschaft braucht sie Erklärungen, oder muss zumindest verteidigt werden, und dazu habe ich keine Lust, aber ich fühlte mich auf dem kurzen Rückweg zur Villa, als hätte ich die Taschen voller guter Laune, die mir von den beiden als Proviant für die einsame Nacht zugesteckt worden war.

~

Ich musste den Schwips oder die gute Laune in den Schlaf mitgenommen haben, denn als ich mich an meinem Schokoladendepot zu schaffen machte, spürte ich, dass ich lächelte, wusste aber nicht, weshalb. Ich hatte wohl etwas Witziges geträumt. Dass ich außer meinem Lächeln nichts davon in den Wachzustand mitgenommen hatte, lag vermutlich daran, dass ich vom Schlagen eines Fensterladens gegen die Hauswand aufgeschreckt war. Draußen blies ein heftiger Wind.

Ich folgte meinem Gehör, fand die Lärmquelle in Georges Büro und hakte den Laden an der Hauswand fest. Ich hatte kein Licht im Raum gemacht, aber die Wolken zogen so schnell über den Himmel, dass ein Schwall von Helligkeit von einem Moment auf den anderen das Zimmer in weichen Konturen aufleuchten ließ.

Der Schreibtisch war zur Hälfte leer gefegt, ein Aktenordner und diverse Büroutensilien lagen auf dem Boden, und dort lag auch ein Slip von Magali, den ich kannte. Schwarze Spitze. Deshalb waren die so gut gelaunt gewesen. Sie hatten einem akuten Liebesanfall nachgegeben.

Macht weiter so, dachte ich, als ich mich wieder ins Bett legte, lasst es nicht vor der Zeit einschlafen vor lauter Arbeit und Alltag und Kleinigkeiten. Es wäre schade um euch. Ich nahm mir vor, darauf zu achten, ob der leicht enttäuschte Zug um Magalis Mund, den ich in den letzten Wochen zu sehen geglaubt hatte, sich wieder verflüchtigen würde.

~

Montag bis Donnerstag machte ich mir Notizen. Diese Geschichte würde länger werden, und ich würde sie für Chiara schreiben. Und für die Schublade. Aber wer weiß, vielleicht passte sie später mal zu irgendeinem Thema, das man Paul antragen würde.

Am Mittwoch wusste ich, dass es heftig erotisch zugehen würde, und am Donnerstagabend auf der Fahrt nach Hause wurde mir klar, dass ich zuerst die Erlebnisse der Frau in der fremden Wohnung erzählen musste, und dann erst – in einem zweiten Teil – den Mann zu Wort kommen lassen durfte.

6

Wenn ihr nicht der Stapel aus den Händen gefallen war und sie alle Seiten deshalb wieder einzeln zusammengesucht hatte, dann war das Ergebnis meines Tricks klar: Sie hatte gelesen. Das Haar war verschwunden, und die Seiten lagen in der richtigen Reihenfolge. Sie misstraute mir nicht.

Natürlich wusste ich nicht, ob es ihr gefallen hatte, aber allein die Tatsache, dass sie las, gab mir ein so gutes Gefühl, wie es Paul vielleicht bei einer begeisterten Rezension haben konnte. Ich machte zur Feier des Tages eine der besseren Flaschen auf und setzte mich auf die Terrasse, um die warme und sternklare Nacht zu genießen.

Dass Chiara, mein Fantasiegeschöpf, nun außer einem gezeichneten Selbstporträt noch eine weitere reale, wenn auch geheime, Verbindung mit mir eingegangen war, kam mir wie eine Bestätigung meiner Fantasien vor. Oder wie eine nachträgliche Erlaubnis, diese Fantasien überhaupt haben zu dürfen. Jetzt würde die Geschichte, die ich morgen anfangen wollte, fast so etwas wie ein

Brief sein. Ein Spiel, bei dem sie mitmachen und, wenn sie meine Fantasien über sich entdeckte, ihrerseits Fantasien über mich daran knüpfen konnte. Wir würden einander gegenseitig erschaffen. Ohne uns je als wirkliche Menschen über den Weg laufen zu müssen.

~

Ich hätte gerne auf der Terrasse geschlafen, aber ich hatte keine Liege oder Unterlage, die ich dafür nehmen konnte. Die Matratze aus meinem Bett zu wuchten und vom oberen Stockwerk herunterzuzerren war keine Option, und die drei Kissen aus dem Sofa waren zu schmal für mich. Da ich immer auf der Seite liege und die Beine anwinkle, sind sechzig Zentimeter nicht breit genug für eine Unterlage. Und nur mit einer Decke unter mir auf den harten Steinplatten zu liegen kam nicht infrage.

Das letzte Mal, dass ich draußen geschlafen hatte, war auf Teneriffa gewesen. Karl und ich hatten uns als Nachtwächter auf der Baustelle abgewechselt, weil das Stehlen von Baumaterial und Werkzeug, Fenstern, Heizkörpern, Rohren oder Armaturen dort gang und gäbe war – das behauptete Karl jedenfalls –, also schliefen wir im dreitägigen Wechsel dort.

Der gefleckte Hund einer Nachbarin, mit dem ich schon mein Mittagessen geteilt hatte, war mir den ganzen Abend nicht von der Seite gewichen und legte sich neben die Campingliege, auf der ich mich ausstreckte. Ich redete noch ein bisschen mit ihm und hörte zur Antwort seinen Schwanz auf den Boden klopfen.

Später in der Nacht wachte ich auf, und es war auf einmal eng auf der Liege, weil sich der Hund neben meinen Beinen eingerichtet hatte. »Schlaf ruhig weiter«, sagte ich zu ihm, »das geht schon«, und ich nahm mir vor stillzuhalten, damit ich ihn nicht aus Versehen von der Liege kickte.

Morgens, als ich aufwachte, war ich von Flohstichen übersät, und der Hund war verschwunden. Es juckte grauenhaft, und ich verfluchte mich für meine dumme Nettigkeit, jedes Mal wenn ich mich kratzte, und das war praktisch ununterbrochen der Fall. Ich zog frische Kleider an und hängte Unterhose und T-Shirt über eine Opuntie, damit sich ein eventuell häuslich eingerichteter Floh in den nächsten Tagen mangels Nahrungsnachschub davonmachen würde.

Der Nachbarin, die uns nachmittags eine Kiste Wasser vom Einkaufen mitbrachte, sagte ich, ihr Hund habe mir eine ganze Großfamilie von seinen Flöhen überlassen, sie solle ihn grüßen von mir und ihm ausrichten, er könne die gern wieder abholen.

»Er ist tot«, sagte sie. »Lag heute Morgen tot auf der Terrasse.«

Wie die Ratten das sinkende Schiff hatten die Flöhe den sterbenden Hund verlassen. Und er hatte sich mich als Gesellschaft für seine letzten Stunden ausgesucht.

~

Ich schickte die Architektengeschichte noch an meinen Bruder, denn ich wollte am nächsten Tag nur noch über den Voyeur nachdenken, der in München am Computer sitzt und sich durch die Zimmer seiner Berliner Wohnung klickt.

~

Diesmal war ich wieder bei ihr. Ich stand unentschlossen im Zimmer, rührte mich nicht, denn sie schien zu schlafen, und ich wusste nicht, ob ich warten sollte, bis sie wach würde, oder mich wieder verziehen, um sie nicht zu stören.

Das Fenster war offen, die Nachtluft roch gut, nach Baggersee oder Campingplatz oder Wiese. Ich wollte mich davonschleichen, als ich ein leises rhythmisches Rascheln hörte. Sie hatte die Augen geschlossen und bewegte vielleicht ihre Füße, rieb sie aneinander, wie ich das manchmal beim Fernsehen oder Lesen tue.

»Sind Sie das?«, hörte ich ihre Stimme klar und deutlich sagen. Die Stimme klang hellwach, aber sie schien ein wenig zu zittern, so, als nähme sie Lautstärke zurück oder atmete gleichzeitig aus beim Reden.

»Ja«, sagte ich, »habe ich Sie aufgeweckt?«

»Nein.«

»Ich will nicht stören. Falls ich ungelegen komme, warte ich auch gern, bis Sie mich wieder besuchen.«

»Also …«, sie schien nach dem richtigen Wort zu suchen, jedenfalls machte sie eine kleine Pause, bevor sie in diesem etwas zu leisen und zittrigen Ton weitersprach: »… es passt gerade wirklich nicht so gut.«

»Dann entschuldigen Sie. Bis bald. Schlafen Sie gut.«

Ich ging aus dem Zimmer und hörte sie noch tief einatmen, schämte mich und wusste nicht, weshalb, schließlich war es keine Schandtat, ungelegen zu kommen, aber ich begriff erst, weswegen ich mich schämte, als ich schon wach und auf dem Weg zum Kühlschrank war: Das kleine, leise Rascheln unter der Bettdecke hatte nicht aufgehört.

~

Ich ließ auch diesmal, wie am letzten Freitag, nach einem Blick in den Kühlschrank den Einkauf ausfallen, obwohl der Rest Brot in der Schublade nach dem Wegschneiden der harten Ränder nicht mehr allzu üppig ausfallen würde.

Und ich setzte mich noch vor dem Duschen an die Geschichte, ließ eine vierzigjährige Schulleiterin ihrer flippigen Freundin den Gefallen tun, sie einmalig bei ihrer Putzstelle zu vertreten und sich in die Wohnung verlieben, die ich ganz anders beschrieb als meine, weil auch der Mann, den ich später einführen würde, ganz anders war als ich.

Erst als ich Hunger bekam, unterbrach ich und machte mir einen Linsensalat, den ich Melih abgeschaut hatte. Bei ihm war der schillernde kleine Hügel aus Linsen, Frühlingszwiebeln und Petersilie noch mit San Daniele unterlegt gewesen, aber so was hatte ich nicht im Kühlschrank, weil ich zu Hause vegetarisch esse.

Ich wollte eigentlich eine Stunde schlafen, aber ich hörte die ganze Zeit meine eigene Stimme Sätze formulieren, also stand ich wieder auf und schrieb weiter. Inspiriert von meinem Besuch bei Chiara, ließ ich die Schulleiterin in der Intimität der fremden Wohnung nach und nach alle Vorsicht aufgeben und hatte bis abends den ersten Teil fertig. Direkt pornografisch war er mir nicht geraten, aber nur weil ich dezente und manchmal ausweichende Formulierungen fand für die sich steigernde aphrodisische Wirkung ihrer Expedition.

~

Nach dem Abendessen wollte ich eigentlich weiterarbeiten, aber in der Stadt tobte ein Fest, und ich hörte zwei und manchmal sogar drei Bands gleichzeitig spielen. Dieser Folter konnte ich nur entgehen, indem ich mich mitten ins Geschehen begab und zu einer der Bands stellte, die dann laut genug war, um die anderen zu übertönen.

Ich ließ mich von einer erstaunlich guten Coverband in die jüngere Musikgeschichte entführen und mir von Toto bis Grönemeyer das Top-Twenty-Radiofutter der letzten zwanzig Jahre einhämmern, sah höflich über die Verrenkungen und Hopser grauhaariger Menschen, die »mal wieder so richtig abrockten«, hinweg, ließ die Finger vom Wein, weil mein eigener besser sein würde, und hielt mich stattdessen an einem Glas Apfelsaft fest, weil es unfair gewesen wäre, nichts zu konsumieren.

~

Wieder zu Hause, setzte ich mich noch eine Weile auf die Terrasse und genoss die Stille. Das heißt, das Rauschen in meinen Ohren. Stille war nur um mich herum. Innen war White Noise, wie man ihn als Tontechniker zum Einstellen der Saalanlage braucht.

~

Die Endlosschleife von *Go Your Own Way* hinderte mich eine Zeit lang am Einschlafen. Sie war aber verstummt, als ich kurz vor fünf am Kühlschrank stand und feststellte, dass ich das Vogelgezwitscher in seiner vollen Schönheit und Transparenz hören konnte. Ohne Fleetwood Mac und ohne weißes Rauschen.

~

Eine Schnake hatte sich in der Nacht an mir satt gesaugt. Drei Stiche an meinem linken und einer am rechten Fuß begannen zu jucken, als ich in die Pantoffeln schlüpfte.

Ich muss die Füße an der Luft haben, anders kann ich nicht schlafen. Bevor ich den ersten Cappuccino ausgetrunken hatte, waren die Stellen schon vom Kratzen so geschwollen, dass ich mir am liebsten die Hände gefesselt hätte, um nicht wieder und wieder dranzufassen.

Es erinnerte mich an den Hund auf Teneriffa. Das heißt, natürlich erinnerte es mich an die Flöhe, die er mir vererbt hatte, damals hatte mir die Redensart vom Aus-der-Haut-fahren-Wollen auf einmal sinnlich eingeleuchtet.

Das Inselglück war für Karl und unsere Mutter nicht von Dauer gewesen. Sie fiel bald auf einen Süßholzraspler herein, der sich Heilpraktiker und Psychologe nannte, aber in Wirklichkeit Buchhalter bei einer Spedition im Münsterland gewesen war, bevor er die wohlhabenden Zuzügler auf der Insel um Spenden für sein »Meditationszentrum« anging, das sich später, nachdem die Polizei auf ihn aufmerksam geworden war, als schlichtes Konto bei einer Bank auf Gran Canaria entpuppte.

Er wusste, wie man alternden Frauen ihre verloren geglaubte Würde zurückgab, nämlich indem man ihnen eine »tiefe Spiritualität«, ein »uraltes Weltwissen« und eine »heilende Sensibilität« andichtete und sie so nach und nach von ihren viel zu materialistischen und roboterhaften Männern entfremdete. Wenn sie dann geschieden waren und ihr Geld ins Meditationszentrum gesteckt hatten, dessen Geschäftsführerin sie werden sollten, brach er einen Streit vom Zaun und trennte sich von ihnen. Er hatte auf jeder der fünf Kanareninseln zwei bis drei solcher Geschäftsführerinnen in räumlich möglichst großer Entfernung voneinander, und er wäre vermutlich noch lange nicht aufgeflogen, wenn er nicht eines Tages an zwei Schwestern geraten wäre, die durch Heirat verschiedene Namen trugen.

Als er die zweite umgarnte, ging die zur Polizei, und so tauchten im Laufe der Ermittlungen die früheren Geschädigten auf.

So kam unsere Mutter, die inzwischen von Sozialhilfe und Pauls bescheidener Unterstützung in einer Berliner Hochhauswohnung lebte, wieder an einen Teil ihres Geldes, aber sie hatte nicht mehr viel davon, denn sie starb bald darauf an einer Sepsis im Klinikum Steglitz, wo sie wegen eines gebrochenen Knöchels operiert worden war.

Paul und ich hatten von dem ganzen Aufruhr nur wenig mitbekommen. Ich war damals wieder in der Welt unterwegs, denn meine beiden Studierversuche hatten sich schnell als Irrweg herausgestellt, und Paul, der mit Silke inzwischen nach Berlin gezogen war und dort bei einer Tageszeitung arbeitete, zog es nicht nach Teneriffa zu Karl, also bildete sich ein Großteil der Geschichte nur in den gelegentlichen Telefonaten mit unserer Mutter ab.

Karl, den wir zur Beerdigung eingeladen hatten, war zwischen Wut und Trauer hin- und hergerissen, aber die Trauer siegte, als der Sarg in die Erde gelassen wurde und wir jeder eine Rose hinterherwarfen. Er weinte hemmungslos.

Später, als ich ihn zum Flughafen begleitete, bot er mir die Geschäftsführung in Volterra an. »Du kannst mit diesem Gammlerscheiß nicht ewig weitermachen«, sagte er, »ein Mann, der keine Verantwortung übernimmt, ist keiner.«

Paul steckte sein Erbe in eine Eigentumswohnung an der Ecke Bleibtreu- und Pestalozzistraße, und ich kaufte mir eine sehr gut erhaltene Borgward Isabella. Die mir dann vier Jahre später in Montalcino geklaut wurde.

~

Den Samstagseinkauf konnte ich nicht auslassen, wenn ich nicht Nudeln mit Öl essen wollte, aber ich beeilte mich, denn der zweite Teil meiner Geschichte stand mir klar vor Augen. Ich wollte dem Mann ein paar meiner eigenen schlechten Eigenschaften geben. Den Snobismus, die milde Zwangsneurose und den materiellen Wohlstand bei gleichzeitig verarmtem Sozialleben.

Nach dem Duschen zog ich das blaue Hemd aus dem Wäschekorb und roch daran. Sicherlich bildete ich mir den fremden und natürlich angenehmen Geruch nur ein, aber das reichte. Um Einbildung ging es doch hier. Um nichts anderes.

~

Abends, nachdem ich den letzten Satz getippt hatte, fühlte ich mich erschöpft wie nach einer achtstündigen Wanderung. Nicht, dass ich achtstündige Wanderungen unternehmen würde, ich wüsste nicht, mit wem, aber ich stellte mir die Müdigkeit und Erschlaffung aller Sinne so vor. Dabei war meine Erschöpfung keine körperliche, sondern eine des Gehirns, außer dass ich viel zu viel geraucht und Kaffee in mich hineingeschüttet hatte.

Aber die Geschichte war fertig, und Chiara würde sie lesen. Ob sie ihr dann zudringlich, gar bedrohlich vorkäme oder eher wie ein verspielter Flirt, konnte ich nicht voraussehen. Ich ging das Risiko ein, sie vor den Kopf zu stoßen. Ein Voyeur, der seine Putzfrau bei den intimsten Beschäftigungen ausspäht, ist allenfalls dann eine angenehme Vorstellung, wenn man den Spanner als Komplizen begreift. Als distanzierten Liebhaber, dem solche Anblicke zustehen, und nicht als Dieb, der sie sich erschleicht.

~

Nach dem Abendessen suchte ich mir ein neues Buch aus dem Stapel und las eine Weile, aber ich konnte mich nicht konzentrieren, weil mir immer wieder die Bilder meiner Geschichte durch den Kopf gingen und die Vorstellung von Chiara, wie sie sie las und entweder verabscheute oder billigte, also schaltete ich wieder mal das Fernsehen ein und ließ mich von Woody Allens *Midnight in Paris* bezaubern.

~

Den Sonntagvormittag verbrachte ich mit dem Reinigen der Dachrinnen, in denen sich Blätter- und Nadelhaufen vor den Abläufen gebildet hatten. Im Herbst ist das eine schmuddelige Arbeit, aber jetzt war alles trocken und staubig und weder lästig noch besonders anstrengend.

Zwei brav gekleidete Damen wollten mit mir über Gott reden und strapazierten meine Höflichkeit, weil sie meine ablehnende Antwort zuerst nicht hinnahmen und eine Frage nach der anderen in zwar mildem Ton, aber penetranter Beharrlichkeit auf mich abschossen. Es dauerte eine Weile, bis es mir gelang, sie davon zu überzeugen, dass ein anderes Opfer ihren Märchen vielleicht zugänglicher sein würde.

Als ich die Leiter im Keller verstaut hatte und ums Haus herum zu meiner Wohnung ging, sah ich auf dem Weg in den Weinberg eine junge Frau gehen, die Chiara sein konnte. Ich sah sie nur von hinten, aber das dunkelblaue Sweatshirt und die Jeans, die dunklen glatten Haare und vor allem der Hintern erinnerten mich auch auf die Entfernung von vielleicht fünfzig Metern sehr an sie.

Wollte sie mal sehen, wie ich aussah? Hatte sie hinter

der Hecke gestanden, um einen Blick zu erhaschen? So wie ich letzten Samstag nachts?

~

In der Nachmittagssonne leuchteten die Sprühwolken der Bewässerungsanlagen jenseits des Rheins, und einzelne Container auf den Güterzügen blitzten auf, wenn sie im richtigen Winkel von der Sonne getroffen wurden. Ich hatte es wieder schwer, mich von diesem Ausblick loszureißen, aber Spießigkeit, Disziplin oder Gewohnheit siegten.

Dieser Ort ist mir zur Heimat geworden, das merke ich in solchen Momenten, wenn ich mich entweder nicht losreißen mag oder aufs Heimkommen freue. Hier will ich alt werden. Aber was heißt werden, ich bin schon alt. Allerdings nur, wenn ich mich von außen sehe in einem Schaufenster oder Spiegel. In meinem Innern ist nichts alt. Das kann meinetwegen so bleiben, bis ich umfalle.

~

Das Leben, das ich heute führe, hätte ich als junger Mensch für spießig, stupide und eintönig gehalten – vier Tage als Gastronom, drei Tage als Autor, zweimal in der Woche schwimmen, siebenmal in der Woche Rotwein am Abend, alle zwei Wochen Wäsche wegbringen, abends lesen, fernsehen oder Musik hören, nachmittags eine Stunde schlafen, sonntagnachts nach Frankreich und donnerstagabends nach Hause fahren.

Noch als Dreißigjähriger hatte ich geglaubt, wechselnde Schauplätze bedeuteten auch wechselnde Zustände, dabei hätten mich die Tourneen, die ich als Roadie mitmachte, schon eines Besseren belehren können. Fahren von einer Stadt zur anderen, ausladen, aufbauen, beim Konzert für eventuelle Zwischenfälle bereitstehen, abbauen, einladen, Hotel, feiern, das heißt trinken und Witze reißen und nur selten andere Ausschweifungen genießen, zu wenig schlafen, verkatert aufwachen, zur nächsten Stadt fahren: Das war stupide.

Und als ich allein durch Europa zog, lernte ich zwar Städte, Landschaften und allerlei Schlafplätze kennen, aber mich selbst nicht. Vor lauter weiterkommen, Geld besorgen, Gelegenheiten für Liebe oder kurzfristige Gesellschaft nachjagen kam ich nicht zum Nachdenken. Ich lief als Simpel durch die Gegend, dessen Weltbild noch auf dem Schulhof generiert worden war und sich nicht mehr änderte, weil ich nichts wahrzunehmen gedachte, das diesem widersprach.

Erst in Volterra lernte ich die Gleichförmigkeit eines normalen Tagesablaufs kennen, und erst dort mutete ich meinem Gehirn anderes zu als nur die Planung der nächsten Etappe.

~

Ich fuhr wieder der Sonne hinterher quer durch die Vogesen, hörte dabei Pat Metheny und Volker Kriegel, dachte an Chiara, die sich beim Lesen der neuen Geschichte als Gegenstand meines Interesses erkennen und darüber entweder freuen oder empören würde, fragte mich selbst, ob ihr Auftauchen in meinem Leben nun alte, schon fast erloschene erotische Lebensgeister in mir geweckt haben könnte, ob ich mich selbst belog, indem ich glaubte, nur die Person, das Wesen und keinesfalls dessen Körper zu meinen, wenn ich sie durch meine Fantasie geistern ließ.

Als ich auf der Westseite der Vogesen angelangt war,

fuhr ich in einen gelborange-violetten Abendhimmel, dessen Abbild jetzt gerade in unzähligen Facebookposts geteilt werden würde, und in Luxeuil, in der Villa, geriet ich in eine kleine Runde am schönen Tisch mit Magali, zwei Schulfreundinnen und George, die sich von Javier einen Imbiss servieren ließen und mich dazu einluden.

Später, als George die Freundinnen zu ihrem Hotel brachte und Magali und ich aufräumten, denn wir hatten Javier die Überstunden nicht zumuten wollen, da fragte sie mich plötzlich zwischen dem Zuklappen und Anschalten der großen Spülmaschine: »Bist du eigentlich verliebt?«

»Wieso?«

»Du bist so beschwingt und siehst so glücklich aus in letzter Zeit.«

»Glücklich bin ich. Das stimmt.«

»Und nicht verliebt?«

»Ich glaube nicht, nein.«

Aber ich wusste nicht, ob ich log.

~

Den ganzen Montag hindurch dachte ich immer wieder darüber nach, versuchte, mir vorzustellen, wie sich Chiaras Hand in meiner anfühlen musste, ihre Zunge, ihre Haut, ich stellte mir ihre Nacktheit vor, gab ihr eine Stimme, ein Lachen, einen Duft und verschiedene Marotten, aber alles war wie schraffiert, skizziert, ohne Farbe und ohne Leben.

Erst nachts, als ich immer wieder von meinem Buch abschweifte und es schließlich zur Seite legte, verstand ich, dass Verliebtsein nicht infrage kam, weil in meinem Bild von ihr nur ein winziger Teil Realität enthalten war. Ihr Anblick auf dem Roller und am Olivenstand, vielleicht auch noch im Weinberg, ihre Stimme am Olivenstand, ihr gezeichnetes Lächeln auf dem gelben Zettel – mehr Wirklichkeit war in der ganzen Scheininteraktion nicht vorhanden. Alles Weitere hatte ich mir selbst ausgedacht, also konnte sich ihre Hand in meiner allenfalls so unspektakulär anfühlen wie meine Linke in meiner Rechten.

~

Auch den Dienstag verbrachte ich überwiegend mit der Vorstellung, wie sie meine Geschichte las, wie sie darauf reagierte, ob sie den Text als offenes Kommunikations- oder Kontaktangebot nehmen würde, ihn als Spinnerei abtun, als Frechheit oder Kompliment ansehen, oder sich peinlich berührt nach dem Lesen die Hände waschen.

Sollte am Donnerstag ein Zettel in meiner Küche liegen, auf dem sie ihre Kündigung erklärte und mir die Suche nach einer anderen Putzhilfe nahelegte, wüsste ich Bescheid.

Dass ich nicht verliebt war, hatte ich verstanden, ich war einfach beschäftigt mit der Vorstellung, die ich mir von ihr machte. Ich war auch inspiriert von ihr. Sonst würde sie in meiner Fantasie nicht dieses quirlige Eigenleben führen.

~

Wir gingen einen Waldweg entlang. Das Mondlicht fiel in Streifen durch die Wipfel und zeichnete ein grobes Leopardenmuster auf den Boden. Der Weg war schmal, und sie ging vor mir. »Das ist schon ziemlich bemerkenswert«, sagte sie über die Schulter, ohne sich dabei ganz zu mir umzudrehen und ohne innezuhalten.

»Was meinen Sie? Was ist bemerkenswert?«

»Was ich da alles in Ihrer Wohnung veranstalte.«

»Sie meinen in der Geschichte?«

»Ja natürlich. Wo sonst.«

»Na ja, das sind ja nicht Sie, es ist eine …«

Sie unterbrach mich: »Vierzigjährige Schulleiterin in Berlin, schon klar, aber dass Sie beim Schreiben eine dreißigjährige Italienerin vor Augen hatten, ist doch wohl auch klar, oder?«

»Sind Sie davon abgestoßen? Ich meine, ist es Ihnen unangenehm, dass ich Sie so erotisiert habe?«

»Nein.«

»Das erleichtert mich. Ich hatte Angst, Sie könnten empört sein.«

»Das kann ich aus zwei Gründen nicht. Es ist sozusagen ausgeschlossen.«

»Denn erstens?«, fragte ich, weil sie schwieg und anscheinend den Faden verloren hatte.

»Erstens existiere ich nur in Ihrer Fantasie, und Sie haben mir die Rolle der ziemlich schamlosen Darstellerin zugedacht und sich die des geneigten Betrachters, und …« Sie schien vergessen zu haben, was sie noch sagen wollte, und starrte auf den Boden, um nicht über eine Wurzel oder einen Stein zu stolpern.

Ich schwieg und wartete und fühlte mich ein wenig stolz, als hätte ich ihr ein Geschenk gemacht.

»Und zweitens gefällt es mir in *meiner* Fantasie«, sagte sie jetzt, »irgendwie ist es spannend und anregend und abenteuerlich. Und in meiner Fantasie sind Sie ein attraktiver Mann.«

»Also fantasiere ich jetzt, dass Sie mich fantasieren?«

»Ja.«

»Es bekommt was Philosophisches langsam.«

»Dagegen lässt sich was tun«, sagte sie und legte mir für einen kurzen Moment die Hand auf die Brust, »bleiben Sie stehen. Hier.«

Sie ging weiter in einen etwas größeren Lichtfleck, vielleicht fünf, vielleicht sieben Meter entfernt von mir, stellte sich in dessen Mitte und zog sich zuerst die Schuhe aus, dann mit über Kreuz gelegten Armen das T-Shirt über den Kopf, ließ es neben sich auf den Boden fallen, knöpfte sich dann im Rücken den dunklen BH auf, ließ ihn auf das T-Shirt fallen, zog schließlich den Reißverschluss ihrer Jeans nach unten, schob sie sich, zusammen mit dem wohl ebenfalls dunklen Slip, bis zu den Knien und stieg dann heraus. Das alles tat sie beiläufig, als wäre ich ein Arzt oder eine Freundin, sie tat es quasi lakonisch, ohne es groß zu zelebrieren.

»Sie haben mir einen exhibitionistischen Zug gegeben, und ich gebe Ihnen einen voyeuristischen«, sagte sie, während sie den Kleiderhaufen neben sich neu ordnete, indem sie die Jeans, dreimal gefaltet, nach unten, dann BH und T-Shirt darauflegte. Dann stand sie kerzengrade mit hängenden Armen im Mondlicht und ließ sich von mir betrachten. Kleine Brüste, schmale Taille, ziemlich breite Hüften, kein Schamhaar.

Ich schwieg und schaute. Sie sah mich an dabei, nicht forschend, nicht fragend, sie schaute einfach mein Gesicht an, damit die Verbindung zwischen uns nicht abreißen konnte.

»Sie haben mir auch ein Selbstbewusstsein gegeben, das ich in der Wirklichkeit nicht kenne«, sagte sie, und nach einer Zeit, vielleicht zwei Minuten, in der wir einfach nur so dastanden und nichts weiter taten, als unsere Sinne gewähren zu lassen, das weiche Mondlicht, das Leopardenmuster der Blätter auf einem Teil ihres Körpers, den modrigen Laubgeruch und die milde Luft um uns herum wahrzunehmen, fügte sie noch hinzu: »Keine Angst, Sie müssen nicht.«

»Was muss ich nicht?«

»Sich ebenfalls ausziehen und von mir anschauen lassen. Aber Sie könnten, wenn Sie wollen.«

»Ich bin wohl eher aus der präsentablen Phase heraus«, sagte ich, aber das ließ sie nicht gelten.

»Allenfalls mental.«

Und nach einer Pause, in der ich nichts zu erwidern wusste, sagte sie noch: »Vergessen Sie nicht, ich mache Sie so schön, wie ich Sie haben will.«

»Das ist jetzt wieder philosophisch, oder?«

»Nur, wenn man unbedingt mit dem *Kopf* durch die Wand will.«

Ich schluckte meine Antwort, *womit denn sonst*, denn für Geplänkel solcher Art war mir der Augenblick zu schade, und wieder standen wir eine Weile schweigend und schauend, bis sie sagte: »Wenn's langweilig wird, sagen Sie Bescheid.«

»Das ist ausgeschlossen«, sagte ich, »unmöglich«, und es war zu spät, mir noch auf die Zunge zu beißen. Das war Geplänkel. Das wollte ich doch nicht.

»Stimmt ja«, sie lachte leise, »ich habe Sie doch als Gentleman vorgesehen.«

Sie bückte sich zu ihren Kleidern, und ich wollte schon bedauern, dass ich die magische Situation verdorben hatte, als sie sich noch einmal streckte und zu mir herkam.

»Ich will Sie anfassen«, sagte sie und legte mir die flache Hand an den Hals. Seitlich. So, als fühlte sie mir den Puls. Sie ließ ihre Hand einen Moment lang liegen, dann nahm sie sie fort und ging zu ihrem Kleiderhäufchen, zog sich an und kam wieder zu mir her.

»Gehen wir noch ein Stück zusammen, oder wachen wir auf?«

»Wir gehen noch«, sagte ich, und meine Stimme kam mir belegt vor, ich fühlte mich hilflos und beschenkt und wohlig ermattet. Sie nahm meine Hand, und wir gingen zurück in die Richtung, in der wir das Rheintal mit seinen Lichtern wieder sehen würden.

»Ich spüre Sie«, sagte ich. »Jetzt spüre ich Ihre Hand in meiner, und vorher habe ich sie an meinem Hals gespürt.«

»Ja«, sagte sie und sah mich nicht an.

»Heißt das, wir träumen uns gerade gegenseitig?«

»Ja, das heißt es.«

~

Ich brauchte eine Zeit, um mir darüber klar zu werden, dass ich nicht am Waldrand stand, sondern im Bett lag, dass dieses Bett in einem Zimmer in Luxeuil war und ich das Zischeln eines ruhigen Regens an der Fensterscheibe hörte.

Ich lag still und hoffte, zurück in den Traum zu kommen, wieder einzuschlafen und auf dem Weg zum Waldrand weiterzumachen, aber mir war klar, dass das nicht geschehen würde. Das ist mir nur ein einziges Mal gelungen, als noch relativ junger Mann mit Anfang dreißig, da war ich zurückgekehrt in den Glückstaumel eines Traums mit Anne, die mich zwar Paul nannte, aber das war mir egal.

Die nackte Frau, die in einer Lichtinsel steht und sich betrachten lässt, erinnerte mich an ein Buch von Paul, in dem sich eine Chorsängerin dem Tontechniker nachts im Studio so präsentiert. Den Waldweg kannte ich von meinen Spaziergängen. Aber die Erkenntnis, dass Reste aus meinem wirklichen Leben in den Traum eingewandert waren, vermochte nicht das starke Gefühl zu schmälern, dessen Abklingen ich immer noch auf jedem Zentimeter meiner Haut spürte. Vom Kiefer bis zum Spann.

Chiara hatte meine windelweiche Aussage, da störe nichts Erotisches mein Interesse an ihr, als Heuchelei entlarvt. War sie gekränkt gewesen? In ihrer Frauenehre? Schließlich schien begehrt zu werden eines der höchsten Ziele für viele Frauen zu sein. Oder eine der wichtigsten Voraussetzungen, um sich überhaupt zufrieden oder gar glücklich zu fühlen. Vielleicht konnte ich sie beim nächsten Mal danach fragen. Aber vielleicht reagierte sie auch nur allergisch auf Lügen und musste mir deshalb zeigen, was ich wirklich empfand. Aber empfinde ich das auch wirklich? Träume machen mit uns, was sie wollen, sie spielen mit allem, was in uns ist, sie sagen nichts über Prioritäten und Entscheidungen aus. Wenn ich eine Frau, die halb so alt ist wie ich, nicht im Bett haben will, dann beweist ein Traum, der mir vorführt, wie es dennoch wäre, nicht das Gegenteil.

~

Normalerweise schwimme ich zügig meine Bahnen und schaue nicht groß um mich, zumal die vielen alten Leute, die sich in der Sauna tummeln, nicht unbedingt zur Augenweide taugen, aber diesmal war es anders. Als könnte Chiara, deren Nachbild ich vor Augen hatte, auch hier auftauchen, sah ich mir, wann immer es unauffällig möglich war, die Körper meiner Badegenossinnen an. Keine hatte Ähnlichkeit. Die jüngeren waren zwar meist ohne Schamhaar, und eine sogar brünett, aber auch tätowiert am Oberarm mit einem dornigen verschlungenen Zeichen, das mich an die Schriften auf Plattencovern von Roger Dean erinnerte. Das ist eine Begleiterscheinung höheren Alters, man erkennt, dass vieles nicht neu ist, sondern immer wieder zurückkehrt.

Vor ein paar Jahren, als das zuerst langsame, dann immer schneller um sich greifende Verschwinden der weiblichen Schambehaarung augenfällig geworden war, hatte ich darüber gerätselt, wieso sich die Frauen dieser Mode so bereitwillig anschlossen. Wollten sie noch nackter sein? Sich noch offener ausstellen? An päderastische Instinkte appellieren, indem sie jungfräulicher wirkten? Die Lösung war vermutlich einfach: Es war eine Mode, und sie schlossen sich an. Unsere Sehnsucht nach Anpassung ist wohl stärker als die nach Unabhängigkeit. Und vielleicht sind Frauen mit ihrer Modebegeisterung diesem Anpassungsbedürfnis noch viel mehr ausgeliefert als Männer. Aber vielleicht ordnen die sich auch nur in einem anderen Zeichensystem ein und leben ihren Herdentrieb mit Mountainbikes und Automarken aus.

Ich war immer eins mit Paul und bin wohl deshalb um die Not, irgendwo dazugehören zu müssen, herumgekommen. Natürlich trug ich die richtigen Jeans, keine aus der DDR mit farblich abgesetzten Nähten, die richtigen Schuhe, nämlich anfangs Clarks und später Turnschuhe, aber zugehörig habe ich mich für den größten Teil meiner Reisezeit nirgendwo gefühlt. Ich war immer der Besucher. Erst in Volterra änderte sich das. Vielleicht weil ich für das Haus Verantwortung übernommen hatte.

~

Die Casa Vanelli, eine Villa aus dem 16. Jahrhundert, lag auf einem Hügel mit Blick auf die Stadt, bot bescheidenen Komfort mit Heizung, Warmwasser und Elektrizität in sechzehn kleinen Apartments und zwei Sälen, beschäftigte außer mir vier Festangestellte, eine Köchin, zwei Helferinnen und einen Hausmeister, und immer wenn die Belegung wechselte, kamen zwei Frauen aus der Umgebung und unterstützten uns mit den Zimmern.

Nach eineinhalb Jahren war mein Italienisch leidlich geworden, die Angestellten verstanden mich, und wenn ich sie nicht verstand, übersetzte die Köchin, die aus dem Trentino stammte.

An einem sehr heißen Tag Anfang September schloss ich mich meinen Gästen, einer christlichen Studentengruppe aus Passau, bei ihrem Tagesausflug nach Florenz an. Ich wollte mich dort nach ein paar Kleidern umsehen, weil die Cordhosen, die ich tagein, tagaus trug, langsam fadenscheinig geworden waren und ich neue Hemden brauchte. Außerdem wirkte eine der Studentinnen weit weniger brav und bieder als ihre Kommilitonen, sie gefiel mir, und ich spekulierte darauf, sie vielleicht bei einer Tasse Cappuccino auf der Piazza oder einer Zigarette im Hof des Bargello ins Gespräch ziehen zu können.

Dazu kam es nicht, denn schon im Kleinbus auf der Fahrt sah ich, dass sie ganz und gar auf den Gruppenleiter fixiert war, einen blonden, bärtigen Allgäuer, der sich ihr Interesse mit freundlicher Offenheit gefallen ließ.

Ich schlenderte mit ihnen vom Parkplatz in die Stadt und machte mich selbstständig, als sie den Palazzo Pitti besuchten, verabredete mich mit ihnen auf halb sechs bei Santa Croce, dem letzten Punkt ihrer Besichtigungstour, und verbrachte den ganzen Tag in der Stadt, kaufte dies, probierte jenes, trank hier einen Cappuccino und aß dort ein Sandwich, legte mich für eine Stunde im Giardino Bardini auf eine Bank und ging dann so gemächlich wie schon in den letzten Stunden, weil es noch immer fast unerträglich heiß war, über den Ponte alle Grazie in Richtung Santa Croce.

Auf der Piazza vor der Kirche war ein Markt mit den üblichen Angeboten für Touristen: Tücher, Taschen, Gürtel, Börsen, Modeschmuck und Papeteriewaren. Ich setzte mich auf die Treppe, um auf meine Gruppe zu warten, aber es gab keinen Schatten, dann erinnerte ich mich an ein Fresko von Giotto, das mich bei einem früheren Besuch beeindruckt hatte, deshalb stand ich wieder auf und ging zur Kasse, um eine Eintrittskarte zu kaufen.

Es war dunkler und kühler als draußen, und die Geräusche der Schritte und geflüsterten Kommentare von Besuchern verloren sich in dem riesigen Raum, den ich durchquerte, um in die Bardi-Kapelle zu kommen.

Ich nahm mir vor, die umgebenden Bilder auszublenden und nur dieses eine anzusehen: ein Sultan auf seinem Thron in der Mitte, rechts zwei Mönche und ein Feuer, links vier arabische Männer vor einem blassgrünen und blassblauen Hintergrund, mehr wollte ich nicht sehen, denn ich kann mit Überdosen nicht besonders gut umgehen, und diese ganze Kirche mit ihren Skulpturen, Bildern, Schnitzereien, Fresken und Gräbern war eine einzige Überdosis.

Die Kapelle war leer, bis auf eine einzelne Frau. Sie saß in der dritten Bank in der Mitte, und ich blieb am Eingang stehen, um nicht zwischen sie und das, was sie betrachtete, zu geraten. Sie schien versunken, und ich stellte mir vor, sie sei ebenso von dem einen Bild fasziniert, dessen Titel mir jetzt auch wieder eingefallen war. *Die Feuerprobe des Sultans.*

Ich hörte etwas rascheln und rauschen und spürte einen Luftzug, und ein Mönch kam mit durchaus würdeloser Geschwindigkeit an mir vorbeigeeilt und hastete nach vorn zu der Frau. Er fuchtelte mit den Händen und schnatterte halb leise, halb zornig auf die Frau ein, die offenbar kein Wort verstand und mir außerdem verstört vorkam, weil der Mann sie aus ihrer Versenkung gerissen hatte. Er bedrängte sie so mit seinem herrischen Gezischel, dass sie seinen Gesten anscheinend nicht die Botschaft entnehmen konnte, die er ihr mitzuteilen versuchte: Sie sollte ihre nackten Arme und Schultern bedecken. Schließlich wies er mit unmissverständlicher Geste zum Ausgang und unterstrich mit herrischem Kopfwackeln seine Forderung, sie solle unverzüglich die Kirche verlassen.

Sie stand auf und ging eilig mit gesenktem Kopf zuerst an dem Mönch, dann an mir vorbei, ich sagte zu ihrem sich entfernenden Rücken noch: »Your arms. He wants you to cover your shoulders and arms«, konnte nicht sehen, ob sie mich verstanden hatte, wusste kein französisches Wort für Schultern und auch nicht für Arme und hatte ein schlechtes Gewissen ihr gegenüber, als hätte ich sie vertrieben und nicht der schrille Pfaffe in seiner braunen Kutte, der jetzt an mir vorbeitrampelte und dessen Triumph ich glaubte riechen zu können.

Jetzt hätte ich die Kapelle für mich allein gehabt, aber mir war der Besuch verleidet, und ich fand meine alte Theorie bestätigt, dass Religionen durchaus auch das Schlechtere im Menschen zum Vorschein bringen können. Als ich wieder draußen vor der Kirche stand, schaute ich mich um, ob ich die Frau noch irgendwo sehen würde, aber sie war entweder im Gewühl des Marktes oder in eine der Straßen verschwunden.

Ich zündete mir eine Zigarette an und setzte mich auf den Sockel der Statue von Dante, weil es dort ein bisschen Schatten gab und ich meine Gruppe sehen würde, wenn sie entweder zum Eingang ginge oder aus dem Ausgang käme.

Die Frau aus der Kapelle, jetzt mit einem zusammengefalteten grauen Tuch in der linken Hand, kam vom Markt und ging in Richtung Eingang zurück. Sie war offenbar entschlossen, sich nicht vertreiben zu lassen und den Eintritt noch einmal zu bezahlen. Das imponierte mir. Ich lächelte.

Und in diesem Augenblick wandte sie ihren Blick zu mir, sah mich lächeln, lächelte ebenfalls, da sie mich anscheinend erkannte als denjenigen, der ihre Vertreibung mitbekommen hatte – sie öffnete das Tuch, schwang es trotzig und kokett um ihre Schultern und deutete eine Modelpose an. Ich nickte und lächelte breiter, und in ihrem Gesicht zeigte sich zuerst Einverständnis mit unserem kleinen nonverbalen Geplänkel, dann etwas wie Erstaunen, Verblüffung, Skepsis, und sie kam zu mir her, stellte sich in ein paar Schritten Entfernung vor mich und sagte: »Paul?«

Ich weiß nicht, wie lange ich sie schweigend ansah und auf meine Antwort warten ließ, und ich weiß auch nicht, warum ich mich nicht als Peter zu erkennen gab, sondern irgendwann aufstand, die Arme ausbreitete, die zwei oder drei Schritte zu ihr hin machte – sie machte einen zu mir her –, wir umarmten einander, ich spürte ihre Hände auf meinem Schulterblatt und an meiner Hüfte, und ich spürte ihre Brust an meiner, roch ihr Haar, ein Parfüm oder eine Seife, spürte ihren Kopf an meiner Wange und dass ihr Griff sich verstärkte. Anfangs war unsere Umarmung die von Bekannten oder Freunden gewesen, aber jetzt wurde sie enger – wir pressten unsere Körper aneinander wie ein Liebespaar.

Ich hatte keine Zeit, mich für meine Verstellung zu schämen, weil ich mich überflutet fühlte von etwas, das ich mir bis dahin zeitlebens nur vorgestellt hatte, ohne es jemals zu erleben, dem Gefühl, zu verschmelzen, in ihr aufzugehen, meine Grenzen zu verlieren oder sie um ihre zu erweitern. Sie schluchzte.

Und ich weiß auch nicht, wie lange wir so standen, ob mir auch eine Träne übers Gesicht lief, ob ich meine Erektion an ihren Venushügel presste oder mir das nur einbildete, ob ich meine Hände über ihre Taille und Hüfte abwärts gleiten ließ, ob ich daran dachte, dass es ungeheuerlich war, was ich tat, ob ich überlegte, wie ich mich aus dieser gestohlenen Glückswolke wieder herauswinden sollte, ob sie meinen Hals küsste, bevor sie meine Lippen fand, und ob ich währenddessen versuchte, mir ihr gelbes, leichtes Sommerkleid, das mit kleinen hellroten Schmetterlingen verziert war, vorzustellen – es passierte alles auf einmal und musste nicht getrennt, sortiert oder verstanden werden. Nicht in diesem Moment.

Wann wir uns schließlich voneinander lösten, um, noch immer umarmt zwar, aber nun mit dem dafür nötigen Abstand, unsere Gesichter zu studieren, weiß ich auch nicht mehr, nur dass mir dann nichts Gescheiteres zu sagen einfiel als: »Du bist nicht mehr rothaarig.«

Sie lachte: »Und du nicht mehr langhaarig.«

»Wächst nach«, sagte ich, »wenn du willst.«

»Und meine schwarze Farbe wächst auch wieder raus.«

Sie wurde wieder ernst und löste sich ganz von mir. Sie hob ihre rechte Hand und hielt sie mir vors Gesicht, etwa in Höhe meines Schlüsselbeins. Ich dachte zuerst, sie wolle, dass ich ihre Hand küsse, aber sie deutete mit der anderen Hand auf den Ring, schmal und golden, ohne Stein, und ich begriff, dass sie mir damit sagte, sie sei verheiratet.

»Ich auch«, antwortete ich, und weil mir einfiel, dass ich keinen Ring trug, hob ich meine rechte Hand und zeigte sie ihr, »nur ohne Blech, weil ich allergisch bin.«

Damit hatten wir uns beide zurückgepfiffen, den Kuss, die Umarmung, das Ineinanderfallen für unzulässig erklärt, uns zur Ordnung gerufen und ruhiggestellt.

»Aber darum geht's nicht«, sagte sie und setzte sich auf den Sockel. Ich setzte mich neben sie und beherrschte mich, legte meinen Arm nicht um sie, sondern nahm

Zuflucht zur für solche Situationen vorgesehenen Übersprungshandlung: Ich zündete mir eine Zigarette an.

»Willst du auch eine?« Ich hielt ihr die Schachtel hin.

»Ja«, sagte sie und zog sich eine heraus, »ich hab vor drei Jahren aufgehört.«

Ich gab ihr Feuer, sie zog vorsichtig, um nicht zu husten, aber dann sah ich in ihrem Gesicht etwas wie Erleichterung oder Erlöstheit aufscheinen, was mir den Anflug eines schlechten Gewissens verursachte, weil es aussah, als fiele sie zurück in eine schwer überwundene Sucht.

Vielleicht täuschte ich mich auch, und die Erleichterung war unserer Wiederbegegnung geschuldet. Das heißt, natürlich nicht wirklich unserer, sondern der von Anne und Paul, aber diesen Gedanken schob ich beiseite, denn jetzt konnte ich nicht mehr zurück. Ich war Paul. Für diesen Tag, für diesen Moment. Was später sein würde, musste ich später entscheiden.

»Was meinst du damit, darum geht's nicht?«, fragte ich, ohne sie anzusehen. Ich behielt den Eingang zur Kirche im Blick, den gleißenden Platz und die sandig-braunen Häuser. Aber ich lehnte mich so weit zurück, dass ich Anne im Augenwinkel sehen konnte.

»Ums Verheiratetsein geht's jetzt nicht«, sagte sie, den Blick ebenfalls nach irgendwo, nicht auf mich, gerichtet, »nicht heute.«

»Hast du Hunger, hast du Durst, willst du einen Kaffee trinken gehen, hast du Zeit, ist dein Mann hier, was machst du?«, fragte ich und hätte mit der Liste weitergemacht, wenn sie mich nicht mit einem schnellen, kräftigen Boxhieb auf meinen Oberschenkel gestoppt hätte.

Sie ließ die Zigarettenkippe zu Boden fallen und trat sie mit dem Absatz ihres Turnschuhs aus, dann sah sie mich an und lachte. »Hunger nein, jetzt noch nicht, Durst auch nicht, Kaffee ja, Mann hier nein, was war noch mal Punkt fünf?«

»Was du machst.«

»Archäologie. Ich bin Dozentin an der Columbia.«

Ich hatte Angst, wir könnten in verlegenes Schweigen fallen, und wollte deshalb weiterfragen, aber ich wusste nichts mehr. Ich hatte das Bild vor Augen, wie sie mit Paul in der alten Scheune nackt zusammengelegen hatte, wollte es verscheuchen, aber es gelang mir nicht, weil ich es mit den taktilen Sensationen von eben, als wir uns aneinandergepresst hatten, aktualisierte.

»Ich kann's nicht fassen«, sagte sie und ließ ihren Blick wieder über den Platz schweifen, »dass ich dich wiedersehe, mein ich.«

»Sechzehn Jahre.«

»Und ich bin nur heute in Florenz. Morgen fahre ich weiter nach Venedig. Tom ist dort beruflich, und ich mache Abstecher. Ich war schon in Padua, Verona, Pisa und Lucca. Am Sonntag fliegen wir zurück. Tom ist Sachverständiger bei Christie's, und die versteigern bald zwei Bilder, die Filippo Lippi zugeschrieben werden.«

»Vielleicht will ich das lieber nicht wissen«, sagte ich leise.

»Was mein Mann macht?«

»Ja.«

»Dann soll ich dich sicher auch nicht nach deiner Frau fragen.«

»Nein«, sagte ich, »wäre besser.«

Ich sah den Gruppenleiter meiner Passauer, der jetzt, einen neu gekauften Strohhut auf dem Kopf, mit seinen Schützlingen dem Eingang zustrebte. Ich bat Anne, einen Moment zu warten, und ging zu ihm, sagte, dass ich nicht mit zurückfahren würde, und als ich mich wieder umdrehte und Anne da sitzen sah unter dem Dante, die Augen geschlossen und zurückgelehnt, da machte ich die seltsame Erfahrung, dass man auch den Glücksschmerz eines anderen spüren kann. Das, was mich da durchfuhr, war Pauls Empfindung.

Ich weiß nicht, ob ich ihr immer zuhörte, während wir zur Piazza della Signoria gingen, weil ich den Cappuccino in der Bar Perseo über den grünen Klee gelobt hatte. Sie erzählte von Ausgrabungen in der Türkei und in Nordafrika, an denen sie teilgenommen hatte, dass sie sich manchmal nach dieser Arbeit sehne, weil sie sich nicht als Dozentin oder Professorin auf Lebenszeit sehe, sie schaue in die Gesichter der jungen Leute und finde dort viel zu oft nur Desinteresse. »Die wollen das nicht wissen«, sagte sie, »die wollen meine Unterschrift unter ihrem Schein.«

Wenn sie mich nach mir, das heißt, nach Paul fragte, blieb ich möglichst vage, führte sein Studium an und die Arbeit als Feuilletonjournalist, den Umzug nach Berlin, alles, was ich sagte, war wahr und dennoch gelogen, weil es nicht mich, sondern meinen Bruder betraf, und mir war klar, dass jede Lüge, die mir jetzt so locker von den Lippen ging, später, wenn Nachfragen folgten, immer weitere Lügen nach sich ziehen musste.

Ich lenkte also von mir als Paul so schnell wie möglich ab und fragte nach ihr, damit sie nicht weiter in mich dringen konnte.

Der Cappuccino schmeckte so gut, wie ich es ihr versprochen hatte, wir tranken ihn im Stehen an der Theke und wurden immer wieder von den vielen Leuten, die Gebäck und Zigaretten kauften, Espresso tranken oder ein Glas eiskaltes Wasser hinunterstürzten, aneinandergedrängt, was uns zwar verlegen machte, aber gefiel.

»Ich müsste langsam aus der Sonne«, sagte sie, als wir

wieder draußen auf dem Platz standen, »sonst kippe ich irgendwann um.«

»Museum oder Park?«, fragte ich.

»Park ist doch toll.«

Wir gingen über den Arno und zum Palazzo Pitti, hinter dem der Giardino di Boboli liegt. Ich kaufte unterwegs vier Sandwiches an einer der Buden, die es hier alle paar Meter gab, und je eine Flasche Wasser und Rotwein, Korkenzieher und zwei Gläser in einem kleinen Supermarkt hinter dem Ponte Vecchio. Das passte alles noch in die Kaufhaustüte mit meinen Hemden.

»Damit halten wir's eine Weile aus im Park«, sagte ich, als sie mich amüsiert bei der Auswahl der Gläser beriet.

»Tom würde Chips kaufen«, sagte sie.

»Soll ich?«

»Nein. Ich mag das Geräusch nicht.«

An der Kasse des Palazzo Pitti sagte sie: »Ich will jetzt auch mal was bezahlen«, aber ich ließ nicht mit mir handeln, und nach einigem Hin und Her gab sie auf. Beim Brunnen, in den wir unsere Arme tauchten, sagte sie: »Schatten«, und wir schlugen uns auf halber Höhe des ansteigenden Gartens nach rechts in die Büsche, das heißt in das Wäldchen, das zwischen den Wegen dicht und dämmerig war, und suchten uns eine Stelle, an der wir das graue Tuch auf Laub und Nadeln ausbreiteten.

»Hunger?«, fragte ich, als wir uns beide gesetzt hatten, und sie sagte: »Nein. Auch keinen Durst. Aber eine rauchen würd ich.«

Ich zündete ihr eine an, dann mir eine, und wir saßen da und schwiegen, bis sie sagte: »Schönes Versteck.«

Nachdem wir unsere Zigarettenkippen ausgedrückt hatten, sehr gründlich, um nicht das Wäldchen aus Versehen in Brand zu setzen, legte sie sich auf den Rücken, dann drehte sie sich zur Seite und fragte: »Ist es okay, wenn ich ein paar Minuten schlafe? Ich bin seit heut Morgen um neun auf den Beinen.«

Ich legte mich auch zurück, und sie nahm meine Hand: »Nur ein paar Minuten.«

Ich konzentrierte mich auf das Gefühl in meiner Hand, als wäre ich vierzehn oder fünfzehn und hätte es endlich bis zum Händchenhalten geschafft. Durch die Blätter über uns fiel nur wenig Licht, und die vereinzelten Geräusche im Park waren ungültig. Sie gingen uns nichts an. Ich sog ihren Duft ein und war mir bewusst, dass ich nur diesen Augenblick haben würde. Er war gestohlen von Paul und nur zustande gekommen durch meine Lüge. Auf die eine oder andere Weise würde ich dafür bezahlen müssen, das war mir klar. Paul würde mich hassen, wenn er es erführe, und Anne ebenfalls. Es konnte nur schlecht ausgehen. Aber jetzt gerade war es so gut wie nichts zuvor in meinem Leben, und das würde ich auskosten. Jede Minute davon. Ich würde es nicht verschlafen.

Als ich aufwachte, wollte ich zuerst unglücklich sein, denn ich verließ den Traum an seiner besten Stelle – sie hatte sich eben auf mich gesetzt, mich in sich aufgenommen und begann, sich vorsichtig zu bewegen –, aber die Wirklichkeit, in die ich auftauchte, war identisch. Sie hatte ihr Kleid noch an, zog es aber jetzt mit gekreuzten Armen nach oben, hob es über den Kopf und legte es neben uns, ohne mit der Bewegung aufzuhören. Vielleicht registrierte ich in diesem Moment schon, dass es Abend war und kein Geräusch mehr aus dem Park zu hören, aber vielleicht kam das auch erst später, und ich begriff nur, dass ihre Haut von einem Fleckenmuster aus blassem Licht bedeckt war. Sie beugte sich herunter zu mir, zog mein T-Shirt nach oben bis unter meine Achseln und küsste mich, weil sie sah, dass ich die Augen geöffnet hatte, das Laub um uns herum raschelte verstohlen, ich spürte ihre Zunge in meinem Mund und ihre Brüste auf meiner Haut und war froh um einen Stein oder eine Wurzel unter meinem Oberschenkel, den Schmerz, der davon bei jeder ihrer jetzt schwungvolleren Bewegungen ausging, und ich hörte, wie sich die Haut ihres Hinterns und die meiner Lenden trafen, ein kleines und unfassbar schönes Geräusch, mehr ein Klicken als ein Klatschen, als würde ein einzelnes ganz kleines Wesen uns ironisch applaudieren.

Jetzt hatte sie ihren Mund von meinem gelöst und sich wieder aufgerichtet, der Schmerz verlor seine ablenkende Wirkung, und ich hörte mich flüstern: »Wir sollten kurz Pause machen, sonst komm ich gleich.«

»Komm«, flüsterte sie, und ich hörte ein Lachen in ihrer Stimme, »es ist gut.« Ich tat, wie mir geheißen, krampfte meine Hände in ihre Hüften und ließ zu, dass ich geschüttelt und wie in einem Krampf gebogen wurde, erstarrte und in immer kleiner werdenden Zuckungen meinen Körper auf den Stein oder die Wurzel schlug, was jetzt wieder einen immer größer werdenden Schmerz erzeugte. Der mir völlig egal war.

Dann hielten wir still, sie saß noch immer aufrecht auf mir, und ich spürte ein Kitzeln an meinem Jochbein, sah ihren forschenden Blick in mein Gesicht und hörte sie fragen: »Weinst du?«

»Das ist Schweiß«, sagte ich.

Ich richtete mich auf, umarmte sie, und wir saßen so, ineinander verschränkt und aneinandergeklammert, ich glaube, mir wurde erst in diesem Moment wirklich klar, dass es Nacht war und wir im Park gefangen saßen, der erst morgens um neun oder zehn wieder geöffnet werden würde.

»Hast du mich ausgezogen, und ich hab geschlafen?«, fragte ich, obwohl mir klar war, dass das eine dumme

Frage war – natürlich hatte sie das getan –, aber die Vorstellung war so aufregend, dass ich sie auch noch in Sprache haben wollte. In ihren Worten.

»Nur das Nötigste«, sagte sie.

»Ich hab ein schlechtes Gewissen. Das war viel zu kurz.«

»Aber schön«, sagte sie.

»Aber du warst noch nicht so weit.«

»Es war schön.«

Ich tastete nach meinen Zigaretten und dem Feuerzeug, zündete zwei Zigaretten an, steckte ihr eine davon in den Mund, und wir mussten eine kleine Entfernung zwischen unsere Oberkörper und vor allem unsere Köpfe bringen, damit ich ihr nicht die Haare versengte.

Sie machte einen winzigen Hüpfer auf meinem Schoß und lächelte. »Ich wollte sehen, ob wir schon festkleben.«

»Das wäre mir recht«, wollte ich eigentlich sagen, aber sie legte schnell ihre Hand auf meinen Mund, so dass nur »Das wäre…« herauskam.

»Meinst du, wir könnten im Brunnen baden?«

»Wenn wir leise sind. Im Palazzo ist bestimmt ein Nachtwächter unterwegs, der sollte nicht auf uns aufmerksam werden.«

Sie stand auf. Ich musste sie stützen, damit sie nicht umkippte. Dann zog ich meine Hose und Unterhose hoch und schloss den Reißverschluss.

»Willst du nur zusehen?«, fragte sie.

»Nein«, sagte ich, »auch baden«, und öffnete die Hose wieder, zog sie zusammen mit der Unterhose aus, dann das T-Shirt, mehr trug ich nicht am Leib außer den Schuhen, die ich schon vor dem Einschlafen abgestreift hatte.

Der Himmel war bedeckt, und es war dunkel genug, als wir aus dem Wäldchen traten, vielleicht war der Nachtwächter ja auf der vorderen Seite unterwegs, las oder schlief, sah sich eine dieser nervtötenden italienischen Fernsehshows an oder tat sonst etwas, das ihn davon abhalten würde, in den Garten zu schauen.

Wir gingen dicht am Waldrand nach unten, dann so nah wie möglich an der Palastwand entlang zum Brunnen und kletterten hinein. »Leise sein«, sagte ich, als ich das lauwarme Wasser an meinen Beinen spürte.

Der Brunnen ist so flach, dass man allenfalls die Knie befeuchten kann, also setzten wir uns nebeneinander ins Wasser und beugten unsere Rücken so weit nach hinten, bis nur noch unsere Köpfe herausragten. Das heißt, bei mir war es nur der Kopf, bei Anne waren es auch noch die Brüste.

»Jetzt hab ich Hunger«, sagte sie nach einer Weile, und wir gingen nackt und erfrischt zu unserem Waldversteck zurück, wo ich den Wein entkorkte, während sie schon in ihr Schinkensandwich biss. Das Wasser hatte uns abgekühlt, deshalb zogen wir unsere Kleider an. Ich sah ihr mit Bedauern zu, ich hätte gern noch eine Zeit lang ihren Körper betrachtet.

»Hier bin ich noch rothaarig«, sagte sie mit einem Lächeln, als sie bemerkte, dass ich, bevor der Slip es bedecken würde, ihr Schamhaar ansah. Das Licht reichte nicht aus, um Farben zu unterscheiden. Selbst ihr gelbes Kleid war nur irgendwie hell.

Als ich uns Wein eingeschenkt hatte, stießen wir sehr vorsichtig, möglichst leise, an, tranken einen Schluck und hörten lauter werdende, also näher kommende Schritte. Wir erstarrten. Jetzt sahen wir auch den Schein einer Taschenlampe, der immer heller durchs Unterholz blitzte und uns schließlich erfasste.

»Andiamo signori«, sagte die nicht besonders unfreundliche Stimme des kräftigen Mannes, dessen Silhouette wir nun deutlich sehen konnten. Wir nahmen schweigend unsere Sachen, Anne legte sich die Decke um ihre

Schultern, ich goss die Gläser aus, steckte den Korken in die Weinflasche, nahm die Sandwiches und ihr Einwickelpapier, meine Zigaretten, mein Feuerzeug und packte alles zu den Hemden in die Papiertasche. Dann folgten wir, immer noch wortlos, dem Mann nach draußen auf den Weg und hinunter zum Palast, dort durch das Tor, an dem er stehen blieb und mit dem Lichtkegel seiner Taschenlampe nach draußen auf den Platz deutete, um uns die weitere Richtung zu weisen.

Ich hob die Hand, um mich zu bedanken, er verzog keine Miene, zupfte an seiner dunkelgrauen Uniform und drehte sich um.

Erst als wir in der Straße waren, die zum Ponte Vecchio führt, fanden wir unsere Sprache wieder.

»Aua«, sagte Anne.

»Weißt du, was da grad passiert ist?«, fragte ich.

»Was?«

»Der hat uns im Brunnen gesehen und war so betört von deiner Schönheit, dass er nicht die Polizei gerufen hat. Um uns die peinliche Prozedur auf der Wache zu ersparen.«

»Du bist nett«, sagte sie.

Ich trug keine Uhr und wusste nicht, ob es ein Uhr nachts oder drei Uhr morgens war. Dämmerung zeigte sich noch keine, und die Straßenreinigung war auch nicht unterwegs. Ein einsamer Polizeiwagen fuhr langsam Streife, der Beamte auf dem Beifahrersitz betrachtete uns aufmerksam durch sein Fenster, aber sie hielten nicht an und bogen vor der Brücke nach rechts ab.

Wir redeten nicht, aber wir hielten uns an der Hand, als wir über den Fluss gingen, dann zog sie mich nach links und sagte: »Hier wohne ich.«

Wir betraten einen Hof, der vom Eingang des Hotels beleuchtet war, Anne suchte den Schlüssel in ihrer Tasche, fand ihn, legte ihre Hände auf meine Schultern und küsste mich. Dann sagte sie: »Ich will deine Adresse nicht wissen«, löste sich zuerst zögerlich, dann entschlossen von mir und ging zum Eingang, schloss auf, drehte sich noch einmal zu mir und sagte: »Das ist nicht wirklich passiert. Wir haben das nur geträumt.«

Ich weiß nicht, wie lange ich noch dastand und versuchte, das Bild der Frau im gelben Kleid mit den roten Schmetterlingen zu sehen, obwohl es längst verschwunden war.

Auf dem Weg zum Bahnhof begegneten mir drei Katzen und ein Hund, ein weiteres Polizeiauto, und den Wein teilte ich schließlich mit einem Rucksacktouristen aus Schweden, der mit mir auf der Treppe den ersten Zug abwartete und mir auch freudig die beiden übrigen Sandwiches abnahm, obwohl sie ein wenig angegammelt und trocken aussahen.

~

Abends, nach dem Aufräumen, stand ich an meinem Fenster und wartete darauf, dass Camilla davonstöckeln würde. Den ganzen Tag über war es wegen eines immer wieder einsetzenden Nieselregens nicht richtig trocken geworden, aber jetzt hatten sich die Wolken verzogen und dem Mond Platz gemacht, der als schmale Sichel schief am Himmel hing und mit seinem spärlichen Licht das eine oder andere nasse Blatt zum Schimmern brachte.

Camilla stöckelte nicht, sie trug Turnschuhe und hatte die High Heels wohl wegen des noch immer nassen Bodens in einem Stoffbeutel bei sich. Das schien mir ziemlich unglamourös, aber vielleicht konnte sie ja dort, wo sie jetzt hinging, den Beutel, der dann die Turnschuhe enthalten würde, irgendwo deponieren.

Ich ging nach unten, kontrollierte alles und schenkte mir noch ein letztes Glas Wein ein, setzte mich damit in den Gastraum und sah Chiara im Schatten, die mich als Traumbesucherin behutsam zu Anne zurückgeführt hatte, mit dem Spiel der Lichtflecken auf ihrer Haut als Trigger und ihrem scheuen aber selbstbewussten Hinweis auf die erotische Empfindsamkeit, die ich nicht verleugnen sollte.

~

Weil ich unruhig schlief und immer wieder aufstand, sah ich den ersten Morgennebel des Jahres, der sich dann aber längst verzogen hatte, als ich später mit Espresso und Croissant den Computer aufklappte, um Zeitung zu lesen.

~

Wir hatten mittags eine Hochzeit, zwar nur vier Personen, das Brautpaar und die Trauzeugen, aber sie trieben einigen Aufwand mit Blumengesteck auf der Tafel, eigenen Menükarten und herausragenden Weinen, und sie hatten einen Stehgeiger engagiert, der sich allerdings mehr auf die Pose als die Intonation verstand.

Als endlich um halb drei alle draußen waren, fiel ich ins Bett und schlief bis kurz vor fünf, musste mich beeilen, um die Sachen aus der Wäscherei zu holen und mich einigermaßen für den Abendbetrieb zu rüsten, an dem wir ausgebucht waren, weshalb ich mich hier und da nützlich machen würde, falls die Hektik überhandnähme.

~

Wir brachten alles ohne Unfall hinter uns, und es kostete mich Mühe, das Glas Wein abzulehnen, das Javier mir anbot, nachdem endlich der letzte Gast gegangen war. Zwar würde mich ein Glas nicht fahruntüchtig machen, aber ich wollte das Prinzip durchhalten. Donnerstagabends und sonntagabends keinen Tropfen bis zur Ankunft.

7

Als ich den zweiten Kreisverkehr verließ, wusste ich, dass ich an diesem Wochenende eine Geschichte schreiben wollte, in der das graue Tuch eine wichtige Rolle spielte. Zwar gab es keinen Auftrag von Paul, aber ich war in der letzten Zeit so in Schwung gewesen, und ich hatte eine Leserin, die ich nicht enttäuschen konnte.

Natürlich stand mir dabei Anne vor Augen, die damalige Anne mit den schwarzen Haaren und dem gelben Kleid, und der shakespearetaugliche Schwindel, mich als meinen Bruder auszugeben und mir so ihre Zuneigung zu erschleichen.

Damals im Zug, zuerst nach Pisa, dann nach Cecina und erst von dort nach Volterra, kam mir langsam zu Bewusstsein, dass ich mich zwar schämte, sowohl Anne als auch meinen Bruder belogen und hintergangen zu haben, aber ich war zugleich beseelt und erschüttert und glaubte, das größte und wichtigste Ereignis meines ganzen Lebens hinter mir zu haben. Ich war nicht traurig deswegen, denn mit dreißig hat man keine Vorstellung von der Dimension einer eventuell nur noch mittelmäßigen Zukunft, und außerdem fühlte sich meine Haut an, als wäre sie mit feinem Schmirgelpapier aktiviert worden. Es tat nicht weh, aber die Empfindlichkeit schien zugenommen zu haben, als hätte sich ein Netz zusätzlicher Nerven gebildet, die sich jetzt alle auf einmal bei meinem Gehirn meldeten und Berührungen mit dem Sitz, der Armlehne, dem Boden, der Luft, sogar meinen Kleidern registrierten.

Zwischen Pisa und Cecina schaute ich mir auf dem Klo meinen Oberschenkel an und entdeckte einen blauen Fleck, so groß wie ein Fünfmarkstück. Ich überlegte mir einen Augenblick lang, ob ich zu einem Tätowierer gehen und mir genau diesen blauen Fleck für die Ewigkeit stechen lassen sollte, aber dann dachte ich, das geht nicht. Der Fleck würde mir heilig sein, und Heiliges hat man nicht so nah am Hintern.

Mir kam mit Schrecken zu Bewusstsein, wie viel Glück ich gehabt hatte, dass Anne verheiratet war und deshalb keinen weiteren Kontakt wollte, dass der Nachtwächter nicht die Polizei gerufen hatte, die spätestens auf der Wache unsere Ausweise verlangt hätte, und dann wäre ich, weil ich mich von Karl hatte adoptieren lassen, ein Peter Vorden gewesen und kein Paul Berens. Die Enttäuschung in ihrem Blick, den Abscheu und die Erkenntnis, welche Demütigung ich ihr angetan hatte, hätte ich mein Leben lang nicht vergessen können.

~

Als ich von der Autobahn abfuhr, wusste ich, dass die Geschichte in Venedig spielen würde. Und ich würde sie Paul nicht zum Lesen geben.

~

Das schlechte Wetter war mir vorausgewandert, aber hier war es kein Nieseln wie in Frankreich, sondern dichter Regen, der mich auf den wenigen Metern zwischen Auto und Haustüre so durchnässte, dass ich mir als Erstes ein trockenes T-Shirt aus dem Schrank nahm, noch bevor ich mein Weinregal auf der Suche nach der richtigen Flasche studierte.

Wie zufällig wurde es ein Chianti vom selben Weingut, Antinori, wie der seinerzeit in Florenz, von dem wir gerade mal jeder einen Schluck getrunken hatten, bevor der entspannte Nachtwächter aufgetaucht war.

Ich erinnere mich noch gut an das Mischgefühl, das mich in den Wochen danach beherrscht hatte. Eine Art beschwingter Erleichterung, angekommen zu sein, das Ziel, das ich unbewusst seit vielen Jahren verfolgt hatte, endlich erreicht zu haben, das flackernd hyperventilierende Schuldgefühl des ungeübten Betrügers und so etwas wie Hunger, der immer stärker wurde, je mehr sich mein Hämatom am Oberschenkel von blau zu gelb zu blass veränderte. Ich wollte nach New York, mich in der Universität zur Archäologie durchschlagen und dort so lange warten, bis Anne mir über den Weg laufen würde, mich vor sie hinstellen und sagen, es geht nicht ohne dich, ich kann das nicht akzeptieren. Aber das war unmöglich, denn ich war nicht Paul.

Irgendwann stürzte ich mich in eine Affäre mit einer Valeria vom Fremdenverkehrsbüro, der ich insgeheim vorwarf, nicht Anne zu sein, und die mir nach einem halben Jahr den Laufpass gab, weil sie gemerkt hatte, dass ich nie ganz da war.

~

Es war grau und feucht, als ich noch vor dem Frühstück zum Einkaufen fuhr, und ich nahm den Regenschirm aus dem Auto, weil es jeden Moment wieder anfangen konnte. Mir war dieses Wetter gerade recht, denn ich hatte, als ich zurück in der Wohnung war, ohnehin keine Augen für meinen Ausblick. Ich sah Anne vor mir, wie sie in einer Kirche vor einem Gemälde sitzt, reglos, als wäre nur ihr Körper auf der Bank und die Seele irgendwo im Bild unterwegs.

Nach dem Frühstück flog ich mit Google Earth über Venedig, entschied mich für die Kathedrale Santi Giovanni e Paolo und bekam das Ganze langsam, aber sicher vor mein inneres Auge. Eine Fortsetzung.

Vor Jahren hatte ich für Paul eine Geschichte geschrieben, über den Betrug eines neidischen Bruders, der dem anderen seinen Wohlstand nicht gönnt und ihm, als er die Gelegenheit dazu bekommt, wertvolle Zeichnungen von Klimt stiehlt, die er durch Farbkopien ersetzt. Jetzt würde ich den anderen Bruder diesen Betrug entdecken und die falsche Schlussfolgerung daraus ziehen lassen, seine Frau habe die Zeichnungen durch Kopien ersetzt. Ich schrieb los und freute mich auf den Moment, in dem Anne ins Spiel kommen würde.

~

Nach dem Großputz und einigen Instandhaltungsarbeiten in der Casa Vanelli fuhr ich Mitte November wie jedes Jahr nach Berlin. Paul hatte mir eine kleine Wohnung vermittelt, die von der Nachrichtenagentur Reuters für Gäste bereitgehalten wurde und am Klausenerplatz in der Nähe des Charlottenburger Schlosses lag. Er und Silke hatten zwar ein Gästezimmer, aber ich wollte bis Anfang März bleiben und sie nicht so lange in ihrer Alltagsroutine stören. Zumal Silke sich den Ausruf »brutal« noch immer nicht verkneifen konnte, wenn sie uns beide zusammen sah, was nicht das Einzige war, das mir bei ihr mittlerweile auf die Nerven ging. Sie hatte zu allem eine Meinung, die fast immer wie ein Urteil klang und signalisierte, dass sie weiteres Nachdenken über den jeweiligen Sachverhalt für sich ausschloss. Wenn sie einem eine Frage stellte, fühlte man sich examiniert und konnte damit rechnen, dass die Note nicht besonders gut ausfallen würde.

Berlin ist im Winter nicht gerade ein attraktiver Ort, wenn man sich um das Wetter schert, aber das tat ich nicht. Sonne und Wärme hatte ich in Volterra das Jahr über genug, was mir fehlte, war die Polyfonie der Großstadt, auch wenn die in Berlin meist eine Kakofonie war und sich die Großstadt in Wirklichkeit in viele Kleinstädte unterteilte. Das Durcheinander der verschiedensten Selbstdarstellungen, naiv, durchtrieben, stumpf und alert, gefiel mir, und weil ich nur zu Besuch war, erlebte ich es als inspirierend und störte mich nicht an der alltäglichen Anstrengung, die dieses druckvolle Gewühl meist kostete.

Es tat mir gut, in der Nähe meines Bruders zu sein, es hatte etwas Erholsames und Beruhigendes, das ich nicht näher beschreiben kann. Vielleicht bin ich dazu geboren, als Hälfte zu existieren, und fühle mich alleine instabil und angreifbar, vor allem aber, als wäre ich ein Blender oder Lügner, wenn man mich für etwas Ganzes hält.

Diesmal war ich mit mulmigem Gefühl angereist, denn mein Florentiner Erlebnis lastete auf mir, es trennte mich von Paul, obwohl er nichts davon wissen konnte und es nie erfahren musste.

Inzwischen war ich wieder in der Ebene angekommen, der Höhenflug war vorbei, und das Ganze begann schon zur Erinnerung zu werden, bei der sich die Grenzen zwischen Erfindung und Erlebnis allmählich verwischten, so dass ich der Erregung, die mich beim Gedanken daran immer noch erfasste, immer weniger traute.

Ich frühstückte fast jeden Vormittag in einem Café am Klausenerplatz, las den Tagesspiegel und machte Pläne für den Abend, kaufte danach ein, was ich brauchte, und trug es in die Wohnung zurück.

In der zweiten Woche platzte Paul herein, setzte sich zu mir und nahm einen Schluck aus meiner Cappuccinotasse. Der Kaffee war scheußlich hier in Berlin, sogar bei Italienern, aber ich trank ihn mangels Alternative und sagte mir jedes Mal, wenn ich wieder das Gesicht verzog, ein Grund, sich auf Volterra zu freuen.

Paul bestellte sich einen Milchkaffee und legte einen Brief vor mich hin. »Lies«, sagte er.

Ich drehte den Umschlag und sah den Absender: Columbia University New York. Sicher war ich weiß im Gesicht, und ich wusste nicht, ob ich atmete, aber Paul sah der Bedienung bei der Zubereitung seines Milchkaffees zu und bemerkte nicht, dass meine Hände zitterten, als ich den Brief aus dem Umschlag nahm.

Lieber Paul,
bei uns im Lesesaal gibt es Zeitungen aus aller Welt,
und wenn sich Heimweh und Freistunde treffen, dann
blättere ich in denen aus Deutschland. Dein Artikel über
Peter Stein interessierte mich, weil ich hier im Uni-Kino
seinen Film Sommergäste *gesehen habe. Erst nachdem*
ich ihn gelesen hatte, fiel mir dein Name ins Auge,
und damit habe ich jetzt doch eine Adresse von dir:
die deiner Zeitung.
Ich dachte, Florenz würde sich als Intermezzo beiseite-
schieben lassen, jedenfalls hoffte ich das, denn mein
Leben sollte so bleiben, wie es war, aber es kam anders.

Ich habe mich von Tom getrennt. Da ich nun aber überhaupt nicht weiß, wie es dir mit alldem geht, ob du das Intermezzo gut überstanden hast oder ähnlich aus der Bahn geraten bist wie ich, bitte ich dich, mir zu schreiben, falls du findest, wir sollten uns treffen. Falls nicht, dann antworte einfach nicht. Ich werde dich in Ruhe lassen und mich irgendwann wieder fangen.

Keine Angst, es geht mir gut. Du musst mich nicht retten oder so was.

Deine Anne

»Verstehst du das?«, fragte Paul.

»Leider ja«, sagte ich und wagte nicht, ihn anzusehen.

Er schwieg, wartete auf meine Erklärung, ahnte wohl noch nichts von dem, was ich jetzt gleich über ihm ausschütten würde – ich hätte gespürt, wenn er mir mit Misstrauen begegnet wäre. Er war aber nur ratlos.

»Gehen wir ein Stück«, sagte ich und legte einen Zehnmarkschein auf den Tisch.

Erst als wir beim Charlottenburger Schloss angekommen waren, sagte er: »Jetzt red doch endlich.«

»Versprich mir, dass du mich bis zum Ende der Geschichte anhörst«, sagte ich, »und am besten wäre, du unterbrichst mich nicht.«

»Mach schon.«

»Du wirst danach nie mehr mit mir reden.«

»Soll ich mich dann jetzt schon von dir verabschieden, oder was? Jetzt mach schon.«

Ich schaute nicht ein einziges Mal zur Seite auf ihn, als ich die ganze Geschichte erzählte. Ich versuchte, kein Detail auszulassen, denn mir wurde, noch während ich redete, klar, dass er alle Informationen brauchte, wenn er das mit mir als Ersatzmann begonnene Stück weiterspielen wollte. Und das musste er. Er hatte keine Wahl. Außer vielleicht der, Anne nie wiederzusehen. Und dass das für ihn nicht infrage kam, wusste ich.

Wir hatten den Schlossgarten zweimal durchschritten, als ich mit meiner Geschichte fertig war. Wir standen auf einer kleinen Brücke hinter dem Karpfenteich. Er hatte mich nicht unterbrochen. Ich sah ihn noch immer nicht an.

Im Wasser trieben ein paar welke Blätter. Fische sah man keine. Es war kalt genug, dass der Atem vor unseren Gesichtern Wolken bildete und mir Nase, Ohren und Fingerspitzen wehtaten, aber es lag kein Schnee, und der Boden schien nicht gefroren.

»Ich weiß, dass es falsch war«, sagte ich nach längerem Schweigen, »aber ich kann es nicht bereuen. Ich dachte, du wirst es nie erfahren und ich komm irgendwann drüber weg.«

Sein Schlag traf mich an der Schläfe, und ich fiel nach hinten, eine Hand noch am Brückengeländer, die andere in einem verspäteten Abwehrreflex in der Luft, und als mein Kopf am Boden aufschlug, sah ich Pauls Gesicht über mir. So weiß, wie ich es erwartet hatte, aber mit einem Ausdruck des Erstaunens oder Fragens, den ich noch nie bei ihm gesehen hatte.

Vielleicht war ich einen Moment lang ohnmächtig, denn ich kann mich an keine Zeit erinnern, die es gedauert haben könnte, bis ich seine Hand spürte, die meine fasste und zog, bis ich mit seiner Hilfe wieder auf die Beine gekommen war. Ich rechnete mit weiteren Schlägen, die ich hinnehmen musste, was denn sonst, vielleicht würden sie ja so etwas wie eine Buße für mich sein, mich erlösen, ihn erleichtern, aber es kam nichts mehr.

Er ging los, in Richtung Schloss zurück, ich folgte ihm, und als ich wieder neben ihm war, sagte er: »Du bist verliebt.«

»Ja«, sagte ich.

»Vergiss es.«

»Ich versuch's.«

Wir gingen zum Schloss, daran vorbei, über den Vorplatz und den Spandauer Damm, auf dessen gegenüberliegender Seite sich unsere Wege trennten.

»Also dann«, sagte er.

»Ja«, sagte ich, und wir gingen jeder in seine Richtung. Aber nach ein paar Metern rief er mich und kam noch einmal her zu mir. »Du musst mir das aufschreiben«, sagte er, und diesmal sah er mich an. Ich hatte Mühe, seinem Blick standzuhalten, aber es gelang mir. »Schreib's so genau, wie du kannst. Ich muss das lesen, bis es zu meiner eigenen Erinnerung wird.«

»Mach ich«, sagte ich.

»Und danach kannst du es bitte vergessen«, sagte er.

Darauf gab ich keine Antwort. Er wusste so gut wie ich, dass das unmöglich war.

~

Es war eine gute Idee gewesen, die Geschichte in Venedig spielen zu lassen, denn hätte ich Florenz genommen, wäre ich vor lauter Erinnerung an die wirkliche Anne nicht vorangekommen. Jetzt konnte ich sie aufteilen – sie war einerseits die Frau des Bruders, der ihr misstraute, und andererseits die elegante Betrachterin eines Bellini-Bildes, die von einem Mönch verjagt wird und mit einem grauen Tuch wiederkommt.

Ich rauchte zu viel und trank zu viel Kaffee, aber ich kam ein gutes Stück voran und bemerkte meine Erschöpfung am Abend erst, nachdem ich gegessen hatte und meine immer noch durcheinanderwirbelnden Gedanken durch wahlloses Fernsehen zu dämpfen versuchte.

Nach zu viel Nikotin und Kaffee war es nur natürlich, jetzt auch noch zu viel Wein in mich hineinzuschütten. Ich schlief schlecht, wachte immer wieder auf und hatte den Eindruck, der Kampf dreier verschiedener Chemikalien in meinem Körper und Gehirn könne nur ausgehen wie das Hornberger Schießen, aber als ich am Samstagmorgen kurz nach acht Uhr aufstand, hatte ich nur noch ein bisschen Kopfweh und einen unangenehmen Geschmack im Mund.

~

Einen Kater bekämpft man üblicherweise mit dem, was ihn ausgelöst hat, also nahm ich mir Espresso und Zigaretten in die Badewanne mit und war eine Stunde später wieder in Ordnung.

Ich sparte mir den Marktbesuch und schrieb weiter, versuchte, jede zweite Zigarette liegen zu lassen, was mir aber nicht besonders gut gelang. Vor meinem Mittagsimbiss war ich endlich in der Kathedrale angekommen, und abends, kurz vor sieben, schrieb ich das letzte Wort der Geschichte. Solch einen Lauf hatte ich bisher noch nie gehabt. An fünf Wochenenden fünf Geschichten, das war wie Fließbandarbeit. Chiaras Inspiration als Auslöser und Publikum hatte aus mir fast schon den Schriftsteller gemacht, der ich gern gewesen wäre. Wenn ich nicht als Spezialist für Faltenwurf in der Werkstatt meines Bruders angeheuert hätte.

~

Ich sah Paul wochenlang nicht mehr. Aber drei Tage nach unserem Gespräch im Schlossgarten lag ein Brief in meinem Briefkasten:

Das ist sicher unnötig zu sagen, aber dir ist schon klar,
dass du dieses Geheimnis niemals lüften darfst. Auch
nicht nach meinem Tod. Du würdest damit nicht nur mir,
sondern auch Anne einen Schlag versetzen, den kein
Mensch verwinden kann.
Paul

Ich schrieb zurück. Nur ein Wort: *Klar.* Ich fühlte mich durch mein Geständnis nicht erleichtert, sondern bestohlen. Um das Einssein mit meinem Bruder und auch um den Traum, Anne vielleicht doch noch für mich zu gewinnen. Jetzt war es wirklich nur noch ein Intermezzo, und dazu noch eines, das sich quasi zu Unrecht in meiner Erinnerung eingerichtet hatte. Es stand mir nicht mehr zu, hatte den Besitzer gewechselt. Ich war nur noch der Bote.

Mitte Februar sah ich Paul in der Menge vor dem Zoopalast, die sich dort geduldig für einen der Berlinale-Filme anstellte. Ich wollte dem ersten Impuls folgen und hingehen, erstarrte aber in der Bewegung, als ich begriff, dass die Frau neben ihm keine braunen Haare hatte wie Silke, sondern schwarze. Wie Anne.

Ich stand einige Meter entfernt von ihnen, wandte sofort den Blick ab, um bei einer zufälligen Drehung ihres Kopfes nicht von Anne erkannt zu werden, und ging, so schnell ich konnte, um die nächste Ecke.

~

Nachdem ich meine Espressomaschine gereinigt hatte, das tue ich alle zwei Wochen, beschloss ich, auch noch die Hecke zu schneiden, denn der Regen gestern hatte einige Zweige weit in den Gehweg gebogen. Jetzt standen sie zwar wieder ein bisschen steiler und weniger störend in der Gegend, aber beim nächsten Regen würden es die Passanten schwer haben, ohne nasse Peitschenhiebe ins Gesicht den schmalen Durchgang zur Straße unterhalb zu benutzen.

Als die Sonne unterging, hatte ich alles eingesammelt und gefegt, die Biotonne mit klein geschnittenen Zweigen gefüllt und Schwielen an der rechten Hand von meiner altmodischen Heckenschere.

Ich saß noch eine Stunde lang in der Dunkelheit auf der Terrasse, lauschte einer Amsel, die sich virtuos ins Zeug legte, um einen etwas weiter entfernten Rivalen auszustechen, kurz dachte ich darüber nach, einen Spaziergang an Chiaras Haus vorbei zu machen, verwarf die Idee aber wieder, weil das albern war. Ich bin kein verliebter Kater, sagte ich zu mir selbst, ich bin zweiundsechzig, ich brauche so was nicht mehr. Ich bin zu alt für den Scheiß.

~

Wir waren wieder im Wald. Anscheinend wurde das jetzt zu unserem Treffpunkt im Traum. Vielleicht weil mein Überfall in ihrem Schlafzimmer so ungelegen gekommen war. Allerdings war ihr Striptease beim letzten Mal nicht gerade auf Distanz oder Diskretion aus gewesen.

»Ich hätte das nicht tun dürfen«, sagte sie.

»Was, sich vor mir auszuziehen?«

»Ja«, sagte sie, »ich habe mich ausgestellt wie eine Ware.«

»Eine sehr schöne«, sagte ich, »daran erinnere ich mich gern.«

»Ich glaube, dass ich eitel war. Ich wollte, dass Sie mich schön finden. Dass Sie von mir träumen.«

»Das tu ich doch.«

»Was jetzt, schön finden oder träumen?«

»Beides.«

»Ich habe das Gefühl, damit etwas zerstört zu haben.«

»Und was?«

»Das kann ich nicht genau fassen. Es ist mehr ein Gefühl als etwas, das ich begreife und erklären könnte. Vielleicht tut es mir leid, das Platonische angegriffen zu haben mit meiner Koketterie. Wenn Sie nicht so heldenhaft und ritterlich geblieben wären, dann hätten wir es vielleicht dort im Wald wie Adam und Eva miteinander gemacht und unser Paradies verlassen müssen.«

»Denken Sie etwa, da sitzt ein Gott am Monitor, und wenn wir was tun, das ihm nicht gefällt, schnippst er uns aus unseren Träumen?«

Sie lachte und setzte sich auf eine Bank, von der aus wir ins Tal schauen konnten. Sie klopfte mit ihrer Hand auf die Sitzfläche neben sich, und ich setzte mich zu ihr.

»Nein«, sagte sie schließlich, »eigentlich glaube ich das nicht. Eher denke ich, es wird so sein wie mit siebzehn oder achtzehn, sobald man sich auf Sex eingelassen hat, ist die Liebe auch schon gleich vorbei.«

»Lieben wir uns denn?«

»Ich weiß, das ist ein bisschen hochgegriffen. Ich könnte nicht beschwören, dass ich Sie liebe oder verliebt in Sie bin – ich bin ja nur Ihr Fantasieprodukt und habe gar kein wirkliches Ich.«

»Dann sind Sie ja auch nicht verantwortlich dafür, dass Sie sich mir so großzügig und anmutig nackt gezeigt haben. Das war ja dann ich.«

Sie lachte wieder. »Jetzt hab ich mich selbst aufs Glatteis geführt. Das stimmt, was Sie sagen, aber es stimmt auch nicht. Auch als Ihr Fantasieprodukt habe ich einen eigenen Willen und tue Dinge, die Sie überraschen könnten.«

»Und ich bin wohl ebenso Ihr Fantasieprodukt«, sagte ich, »Sie könnten meine Ritterlichkeit veranlasst haben.«

Sie lehnte sich zurück, streckte die Beine in die Luft und bewegte ihre Füße in den weißen Turnschuhen wie beim Crawl. Das Mondlicht zeichnete diesmal schräge Linien auf den Weg und bildete den Zaun ab, den es durchdrang.

»Ich bin melancholisch«, sagte sie leise.

»Warum?«

»Weil ich das Gefühl nicht loswerde, ich hätte mit meiner Nymphendarstellung einen Schlusspunkt gesetzt.«

~

Ich hatte Rückenschmerzen. Und mir war kühl. Ich lag nicht in meinem Bett, sondern saß auf der Terrasse, das halb volle Weinglas vor mir auf dem Tisch, und musste einfach so eingeschlafen sein.

Der Wein schmeckte nicht mehr, und auch die Zigarette, die ich mir anzündete, machte ich nach zwei Zügen wieder aus.

Eigentlich hatte ich vorgehabt, Musik zu hören. Ich wollte den ganzen Abend mit den Patiencekarten und italienischen Cantautori verbringen. Volterra, Florenz, die Geschichte über Venedig, der Plan, mit Paul dort hinzufahren, und Chiara mit ihrem scheuen, katholischen Selbstbewusstsein hatten mich in diese Lebensphase zurückversetzt, aber die Hecke war mir dazwischengekommen.

Ich ging zu Bett und wusste, dass ich nichts träumen würde.

~

Ich zog das blaue Hemd an, damit es nächsten Dienstag wieder für Chiara im Wäschekorb liegen würde, machte mir ein Frühstück und setzte mich danach an den Feinschliff der Geschichte.

Am Nachmittag verlor ich mich bei Youtube in immer neuen Livevideos von Francesco De Gregori, Fabrizio De Andrè, Lucio Dalla und Gianmaria Testa. Dann druckte ich die Geschichte aus, machte mir ein Abendessen, schaltete den *Tatort* ein und machte mich danach auf den Weg. Diesmal wieder auf der schnellen Strecke über Mulhouse und Belfort.

~

Die Villa war schon verlassen, weit und breit kein Gast mehr, keine Magali oder Camilla, deshalb musste ich den Code wieder aus dem Geldbeutel heraussuchen und kam mir vor wie ein Einbrecher, als ich das leere und dunkle Haus betrat.

Ich versuchte vor dem Einschlafen, ein Treffen mit Chiara zu erzwingen, weil mir ihr Satz mit dem Schlusspunkt den ganzen Tag nicht mehr aus dem Kopf gegangen war, ich dachte an sie, stellte mir vor, was ich ihr sagen würde, aber es gelang mir nicht. Ich träumte nicht.

~

Als alles für den Mittagstisch vorbereitet war, stießen wir mit Ludovique an, unserer jüngsten Kellnerin, die ihren siebenundzwanzigsten Geburtstag feierte. Javier, der auch als Sommelier fungierte, hatte einen der besseren Champagner aus der Kühlung geholt, und sogar Melih ließ sich für zwei Minuten bei uns oben sehen.

Entsprechend fröhlich empfingen wir die ersten Gäste

kurz vor zwölf und brachten den Mittagstisch beschwingt und lässig hinter uns.

Den Nachmittag verbrachte ich damit, einige Termine fürs nächste Wochenende auszumachen. Das Auto musste in die Werkstatt zur Inspektion, die Fensterbaufirma sollte in meinem Arbeitszimmer nachsehen, wieso sich bei Starkregen nach dem Öffnen der Fenster Wasser in mein Zimmer ergoss, und der Elektriker sollte zwei Halogenlichter in meiner Deckenbeleuchtung erneuern. All diese Verabredungen mussten immer für freitags getroffen werden, weil ich Magali nur in echten Notfällen bitten wollte, mich zu vertreten.

Ich ging schwimmen und schlenderte danach durch Luxeuil. Die Stadt zeigte sich von ihrer hübschesten Seite. Ich hätte sie gern Paul und Anne vorgeführt, aber die kamen niemals hierher, sie überflogen mich höchstens, wenn sie irgendwo hinreisten, weil sie als Großstädter kein Auto besaßen.

Nachdem ich sie beide in der Kinoschlange zusammen gesehen hatte, reimte ich mir vorläufig das Happy End zusammen, von dem ich erst knapp zwei Jahre später dann wirklich erfuhr. Paul war nach New York geflogen und hatte meinen Bericht erst auf dem John F. Kennedy Airport in einen Papierkorb geworfen. Bis dahin hatte er ihn wieder und wieder studiert, obwohl ihm jedes einzelne Wort darin wehtat. Er verfluchte mich innerlich für mein Verhalten, wusste aber zugleich, dass er mir dankbar sein musste, denn wäre ich als Peter mit ihr zusammengetroffen, dann hätten wir geplaudert, sie hätte mir von sich und ich ihr von Paul erzählt, wir hätten einander zum Abschied auf die Wangen geküsst, Grüße aufgetragen, und das wär's gewesen. Ohne meine Maskerade hätte sie wohl nie nach ihm gesucht.

Trennung und Scheidung von Silke waren eine Tortur für Paul, weil sich die bis dahin so feministisch herablassende und vorgeblich unabhängige Amazone zuerst in eine hilflose Figur verwandelt hatte, die abwechselnd mit Selbstmord drohte oder bettelte, er möge sie nicht verlassen, und sich dann, weil er mit keinem ihrer Appelle umzustimmen war, in eine rachsüchtige und zerstörungswütige Feindin verwandelte.

Von einer gütlichen Trennung, für die er immer wieder warb, konnte nicht mehr die Rede sein, als sie mit einer Anwältin anrückte, deren Schriftsätze voller Verachtung für ihn und Raffgier für sie waren. Die Wohnung musste, obwohl noch nicht abbezahlt, verkauft und Pauls Lebensversicherung mit Verlust gekündigt werden, weil Silke auf Auszahlung bestand.

Paul schrieb sich nächteweise sein Elend und gleichzeitiges Glück von der Seele, und Anne, deren Scheidung zwar traurig, aber ohne Hass über die Bühne gegangen war, bewarb sich für eine Stelle an der Freien Universität, die sie auch tatsächlich bekam.

Sie kauften eine andere Wohnung, ganz in der Nähe der alten, Paul schrieb in jeder freien Minute und merkte erst jetzt, wie sehr ihn Silkes Achselzucken und ihre gnädige Toleranz für sein »Hobby« demotiviert und gelähmt hatten, wie selbstverständlich ihm die Sätze auf einmal in die Tasten fielen, weil Anne es weder absurd fand, dass er schrieb, noch Zweifel daran hegte, dass ein Verlag das Manuskript mit Handkuss nehmen würde.

Und so war es dann auch ein starkes Jahr später, das

Buch erschien, hatte ein bisschen Erfolg, und Paul begann ein zweites, das ihm ebenso leicht von der Hand ging. Annes geistige Beweglichkeit und emotionaler Mut inspirierten ihn, und die Tatsache, dass er liebte und geliebt wurde, dass er angekommen war im einzigen für ihn richtigen Leben, machte ihn zu einem noch besseren Beobachter seiner Umgebung, in der fast jeder in irgendeiner Art von Falle steckte.

Ich wagte es nicht, mich bei ihm zu melden, und er ließ seinerseits kein Sterbenswörtchen von sich hören, alles, was ich in dieser Zeit über ihn in Erfahrung bringen konnte, entstammte den wenigen Rezensionen seines Buches.

Irgendwann stand Anne in Volterra vor mir. Sie kurvte in einem Mietwagen, einem weißen Fiat Panda, auf den Vorplatz der Casa Vanelli, als ich gerade zusammen mit der Köchin den Einkauf aus unserem Transporter lud. Sie stieg aus, sah zu mir her, erkannte mich und kam auf mich zu. Ich spürte förmlich alle Luft aus mir entweichen und spielte geistesgegenwärtig den vom Gewicht des Zwanzig-Kilo-Kartoffelsacks Überforderten, legte ihn zurück und tat so, als wüsste ich nicht, wer da auf mich zukam.

»Peter?«, fragte sie lächelnd und streckte mir ihre Hand entgegen.

»Ja?«, fragte ich zurück.

»Du erkennst mich nicht mehr«, sagte sie, »ist auch lang genug her. Anne.«

Ich ignorierte die mir immer noch entgegengestreckte Hand und nahm sie in die Arme, küsste sie geschwisterlich auf beide Wangen und achtete darauf, meinen Körper nicht zu fest an ihren zu drängen.

»Ich will dich um was bitten«, sagte sie, »Paul und ich heiraten, und du sollst unser Trauzeuge sein.«

Sie nahm einen Kanister Olivenöl und einen Fünf-Kilo-Mehlsack, sah mich an und fragte: »Wohin?«

Ich nahm die Kartoffeln und ging ihr voraus in die Küche, und erst dort, als wir unsere Lasten auf den riesigen Küchentisch gewuchtet hatten, fand ich meine Stimme wieder: »Will Paul das auch?«

»Er ist noch dabei, das herauszufinden, aber ich warte jetzt nicht mehr länger. Natürlich will er. Das begreift er schon noch.«

»Und wo ist er?«

»In San Gimignano, er wollte partout nicht mitkommen. Ihr seid anscheinend zerstritten, und ich kriege nicht aus ihm heraus, wieso, aber das muss ein Ende haben. Er heiratet und braucht dich, und ihr könnt meinetwegen ein andermal weiterstreiten. In Ordnung?«

»Ja.«

»Sagst du mir, weshalb ihr zerstritten seid?«

»Nein.«

Sie lachte laut, schüttelte den Kopf, sah dabei die Köchin an, die uns zwar verstand, aber noch nie etwas von einem Bruder gehört hatte und deshalb nur komplizenhaft die Hände ausbreitete, um ihre Unkenntnis der angesprochenen Verhältnisse zu signalisieren.

Anne sah mich seltsam an. Ich hatte kürzere Haare als in Florenz und mich seit einigen Tagen nicht rasiert, aber ich wusste, sie suchte in meinem Gesicht nach Paul und war irritiert, weil die Ähnlichkeit so groß war. Mich ergriff Panik, denn ich dachte, je länger sie mich ansieht, desto eher kommt ihr der Verdacht, ich könnte das in Florenz gewesen sein, deshalb ging ich der Köchin hinterher wieder raus zum Auto, um die restlichen Einkäufe zu holen.

Sie kam mit und half uns, wir gingen noch zweimal, bis alles in der Küche war und die Köchin mit Verstauen anfangen konnte. Immer wieder bemerkte ich diesen Blick, mit dem Anne mich streifte, als suchte sie nach etwas, irgendeinem Zeichen, dass der Mann in Florenz ich gewesen sei.

»Willst du mit uns essen?«, fragte ich. »Wir machen uns gleich was.«

»Nein«, sagte sie, »Paul sitzt, glaub ich, auf Kohlen und will wissen, wie es ausgegangen ist.«

»Er hofft sicher, dass ich Nein sage.«

»Vielleicht glaubt er, dass er das hofft. Zum Glück weiß ich es besser.«

»Auweh, das klingt aber nach ganz neuen Saiten, die in seinem Leben jetzt aufgezogen werden.«

»Denk nichts Falsches von mir. Ich bin keine Domina. Aber in dem Fall weiß ich einfach, dass ich recht habe. Er kann ohne dich nicht leben. Und du nicht ohne ihn. Und wenn ihr das alleine nicht begreift, dann muss euch jemand helfen.«

Ich lächelte und sagte nichts. Sie deutete mit einer Kopfbewegung nach draußen, und ich begleitete sie zum Auto.

»Ich bin froh, dass du wieder da bist«, sagte ich, als sie schon die Fahrertür geöffnet hatte.

»Ich auch«, sagte sie.

»Kommt ihr mich besuchen, solange ihr noch in der Gegend seid?«

»Ich weiß nicht, kann sein, dass Paul noch ein Weilchen braucht, um sich dran zu gewöhnen, dass du wieder in seinem Leben bist. Ich rufe vorher an, falls ja, okay?«

»Okay«, sagte ich und gab ihr einen unserer Prospekte, die immer griffbereit im Handschuhfach des kleinen Kombis lagen.

Sie klopfte sich ein bisschen Staub von ihrer weiten sandfarbenen Hose, mit der sie an die Flanke des Wagens geraten war, fasste nach meiner Schulter, zog mich zu sich her und küsste mich knapp neben den Mund. »Tschüss. Ich freu mich, dass du wieder in *meinem* Leben bist. Einladung kommt.« Dann stieg sie ein, schloss die Tür, ließ den Anlasser quietschen und jaulen und fuhr los mit einer Staubwolke hinter sich, die minutenlang sichtbar blieb und ihren Weg bis zum Ende der Hochfläche nachzeichnete.

Mir tat alles weh.

Die Köchin hatte schon Teller auf den Tisch gestellt und Wasser für Pasta aufgesetzt, als ich in die Küche zurückkam. »Schöne Frau«, sagte sie und lächelte in sich hinein. »Dein Bruder hat Glück.«

»Ja«, sagte ich. Nichts weiter.

~

Ich hatte mir die guten Kopfhörer eingepackt und verbrachte den Abend wieder damit, meine Italiener bei Youtube zu hören, klickte mich von einem Video zum nächsten und versank immer tiefer in der Vergangenheit, trank schon wieder zu viel und musste, als ich schließlich im Bett lag, immer wieder die Augen aufreißen und auf das Fenster starren, um nicht Karussell zu fahren.

~

Am Dienstag war so viel los, dass ich bis tief in die Nacht nicht zum Nachdenken kam. Die Waschbecken in beiden Klos wurden ausgetauscht, und Javier, George und ich dienten als Handlanger, weil alles in vier Stunden über die Bühne gegangen sein musste.

Als die Handwerker losfuhren, kurvten schon die ersten Gäste in den Park, und George und ich trockneten eben den Boden nach dem Wischen im Männerklo, das hatten wir übernommen, weil uns beiden noch Zeit zum Duschen blieb, während Javier und die Kellnerinnen schon bereitstehen mussten.

~

Beim Einschlafen dachte ich noch daran, dass Chiara heute in meiner Wohnung gewesen war und mich eigentlich im Traum besuchen konnte, aber falls sie das getan hatte, war ich danach nicht aufgewacht, denn am Mittwochmorgen wusste ich nichts davon.

~

Nachdem sich die Staubwolke hinter Annes weißem Fiat gelegt hatte, ging ich in mein Apartment, nahm die Kleider, die ich in Florenz getragen, und auch die beiden Hemden, die ich dort gekauft hatte, und stopfte sie in eine Plastiktüte, die ich ins Auto legte, um sie bei nächster Gelegenheit in den Kleidersammlungscontainer hinterm Rathaus zu werfen.

Annes nachdenkliche Blicke in mein Gesicht, immer wenn sie glaubte, ich sähe es nicht, hatten mich so erschreckt, dass ich auf einmal dachte, ich müsse jedes mögliche Erkennungsmerkmal verschwinden lassen. Ich erinnerte mich zwar nicht, dass sie in die Tüte mit meinen Einkäufen geschaut hätte, aber ich hatte ja auch eine Zeit lang geschlafen. Und an den Kleidern von damals mochte irgendeine Kleinigkeit sein, eine fehlende Niete an der Hose oder eine schiefe Naht am Polohemd, ich wusste einfach nicht, was sie sich vielleicht eingeprägt haben konnte, und deshalb mussten alle potenziell verräterischen Dinge verschwinden. Eine Uhr hatte ich nicht am Arm gehabt, soweit ich mich erinnerte, aber die Schuhe mussten ebenfalls dran glauben.

Die Zeit der billigen Flüge war noch nicht angebrochen, es war einfach unbezahlbar, von Pisa nach Berlin zu fliegen, und die Bahnfahrt hätte fast vierundzwanzig Stunden gedauert, also fuhr ich zwei Wochen später mit dem Volvo, den ich schon eine Weile besaß, über den Brenner nach München und weiter nach Nürnberg und Hof, durch die DDR und brauchte mit ein paar Stunden Schlaf im Auto auf einem Rasthof knapp achtzehn Stunden.

Es war seltsam, meinen Bruder nach so langer Zeit wieder zu umarmen, aber ich glaube, wir hatten beide dasselbe Gefühl der Erleichterung, als wir merkten, dass sich zwischen uns nichts verändert hatte. Da war keine Fremdheit, kein Graben, keine Distanz, wir hatten keinen Streit. Nur ein Geheimnis, das uns beide auf jeweils verschiedene Art verletzte.

Annes Bruder Stefan, der zweite Trauzeuge, war aus New York eingeflogen. Er und Anne hatten ein so herzliches Verhältnis, dass man glauben konnte, sie seien ebenfalls Zwillinge. Aber Stefan war vier Jahre älter als Anne und begann schon, seine Haare zu verlieren.

Nach der angenehm nüchternen Prozedur auf dem Standesamt gingen wir im Tiergarten spazieren, aßen in einem italienischen Restaurant, in dem ich mich mit meinen Sprachkenntnissen aufspielte, was dem Padrone zu gefallen schien, hinterher holte ich mein Hochzeitsgeschenk, eine Espressomaschine, aus dem Auto und weihte sie in Pauls und Annes Wohnung mit viel Getue ein.

Anne warf immer noch hin und wieder diese kleinen, schnellen, nachdenklichen Blicke auf mich, und ich hoffte, sie bemerkte nicht, dass ich das mitbekam, und ich hoffte vor allem, dass Paul es nicht bemerkte. Ich hatte mich neu eingekleidet, trug sogar Schnürschuhe, was ich seit Jahren nicht mehr getan hatte, meine Haare waren kurz wie nie seit meiner Kindheit, fast soldatisch, und ich hatte mir einen Bart stehen lassen, um mich möglichst deutlich von Paul zu unterscheiden.

Auf meine Bewegungen oder den Klang meiner Stimme konnte ich nicht achten, das ist für Menschen, die keine Schauspieler sind, ebenso unmöglich, wie die eigene Unterschrift mal eben anders auszuführen, also hielt ich mich, so gut es ging, zurück, sagte nicht viel und tat nicht viel, um Annes forschendem Blick keinen Anhaltspunkt zu geben.

Ich beruhigte mich selbst damit, dass es nur um unsere Ähnlichkeit ging, nicht um einen Verdacht.

Abends hörten wir Martha Argerich in der Philharmonie. Die Eintrittskarten waren das Hochzeitsgeschenk von Stefan, dem bei manchen Passagen die Tränen in den Augen standen. Ich saß neben ihm, war fast versucht, seine Hand zu nehmen, weil ich an unsere Mutter denken musste, die, wäre sie bei uns gewesen, vermutlich auch geweint hätte. Die Liebe zur Musik hatte sie mit unserem Vater geteilt, Karl war dafür nicht zu gewinnen gewesen. Er hätte Paul und mir zwar Klavierunterricht bezahlt, weil sie das wollte, aber wir winkten ab. Vielleicht weil wir ahnten, dass wir dann für jeden Besuch würden vierhändig spielen müssen, was uns zu diesem Zeitpunkt schon nicht mehr verlockend erschien.

Unser festliches Abendmahl bestand aus Rotwein und Butterbrot – keiner von uns hatte Lust, nach diesem aufwühlenden Konzert noch mit fremden Menschen in einem Raum zu sein und irgendetwas zu hören, was die Erinnerung an Argerichs Spiel beeinträchtigen würde.

Gegen Mitternacht ging Stefan ins Hotel, ich blieb, denn die Wohnung von Paul und Anne war typisch berlinerisch großzügig, und ich sollte auf dem Sofa in einer umfangreichen Bibliothek schlafen, die erstaunlich viele Bücher enthielt, die auch bei mir in Italien standen. Nein. Es war nicht erstaunlich. Es war selbstverständlich.

Obwohl ein großes Zimmer und zwei Schiebetüren mich vom Schlafzimmer der beiden trennten, hörte ich sie beide bei der Liebe und zog mich an, nahm den Schlüssel vom Tischchen im Flur und ging nach draußen, weil ich es nicht aushielt. Von Paul hörte ich fast nichts, nur hier und da leises, wohliges Stöhnen, aber von Anne umso mehr – ihre Schreie wurden heller und lauter, so dass ich aufpassen musste, in meiner Eile nirgendwo dagegenzustoßen und auf meine überhastete Flucht aufmerksam zu machen.

Am Savignyplatz setzte ich mich in eine verrauchte Kneipe und nippte an einem Glas miesen Rotweins, das ich nach einer Viertelstunde halb voll stehen ließ. Ich war allein auf den Straßen, als ich nach Hause ging – es war kurz vor zwei –, erst als ich an der Paris Bar vorbeikam, belebte sich die Gegend ein bisschen. Ein betrunkener Mann im Blazer schob zwei ebenso betrunkene Frauen in ein wartendes Taxi, als ich gerade die Kantstraße in Richtung Ernst-Reuter-Platz überquerte.

Ich bemühte mich, leise zu sein, als ich die Wohnungstür aufschloss, aber als ich an der Küche vorbeikam, saß dort Anne, mit Pauls weißem Hemd bekleidet und zerzaustem Haar. Sie trank Kakao und bot mir auch eine Tasse an. Ich setzte mich zu ihr an den Küchentisch.

»Kannst du nicht schlafen?«, fragte sie.

»Jetzt dann hoffentlich schon.«

»Wegen uns? Waren wir laut?«

»Wieso? Nein. Mir ging nur einfach so viel durch den Kopf, dass ich dachte, ich muss ihn noch mal lüften.«

Ich glaube, sie wusste, dass ich log, aber es schien ihr zu gefallen, dass ich so tat, als wäre ich nicht Zeuge ihrer Lust geworden, denn sie lächelte nachsichtig oder vielleicht sogar verlegen und schenkte mir Kakao aus einer bauchigen weißen Porzellankanne mit Löwenkopf auf dem Deckel ein.

»Das war jetzt der schönste Tag meines Lebens«, sagte sie, und es klang weder ironisch noch melancholisch, eher konstatierend, als wollte sie selbst an diesen Augenblick ein Etikett für spätere Betrachtung kleben.

~

Den Rest des Mittwochs brachte ich auf Autopilot hinter mich, spielte meine Rolle als Restaurantchef, lächelnd, redend, aber innerlich ganz woanders, weil ich immer wieder zu der Vorstellung von der Frau im Männerhemd zurückkehrte, die ich im Original vor so vielen Jahren in Berlin gesehen und als Kopie in meiner Fantasie mit Chiara neu besetzt hatte.

Auch die Lichtflecken aus der Florentiner Nacht im Giardino di Boboli hatte ich von Annes nacktem Körper in meiner Erinnerung auf Chiaras nackten Körper in meiner Fantasie übertragen.

Vor dem Einschlafen versuchte ich wieder, Chiara zu beschwören, aber wieder gelang es mir nicht.

~

Donnerstagabends wurde es spät, denn wir hatten eine Fraktion aus dem Stadtrat, zu deren Sitzfleisch und Trink-festigkeit wir gute Miene machen mussten, ohne uns durch ein Räuspern, Stuhlrücken oder allzu deutliches Geschirrklappern bemerkbar zu machen.

Als sie endlich aufbrachen, war es schon eine Weile dunkel, und ich kam erst kurz vor halb eins bei mir zu Hause an.

8

Auf meinem Schreibtisch, neben der Geschichte, lag ein Aquarell, auf dem in zarten, aber klaren Farben alle meine Figürchen zu sehen waren: Die ganze Population meines Regals flog fröhlich durcheinander, wie von einem Ventilator aufgewirbelt und als wäre jedes einzelne Ding nicht aus Metall, Alabaster, Kunststoff oder Glas, sondern federleicht wie Flügel von Libellen. *C. Mancini* stand mit Bleistift rechts unten auf dem Blatt.

Im ersten Augenblick freute ich mich über das Geschenk, zumal das Blatt sehr gekonnt war, aber dann beschlich mich ein seltsames Gefühl. Wollte sie Kontakt aufnehmen? Wollte ich das? Oder war es einfach ein weiteres kleines Zeichen als Kommunikationsersatz, wie unsere gelben Zettel? Dafür schien es mir zu wertvoll.

Dass sie im letzten Traum von einem »Schlusspunkt« geredet hatte, geisterte nur vage im Hintergrund meiner Spekulationen herum, aber wenn es damit in Zusammenhang stünde, dann wäre dieses hübsche Bild vielleicht ein Abschiedsgeschenk.

Mir gefiel die Vorstellung, dass sie hier auf meinem

Schreibtischstuhl gesessen und mit Geduld und Akribie eins nach dem anderen die Figürchen porträtiert hatte, und ich schlief mit diesem Bild vor Augen ein.

~

Ihre Hand lag auf meinem Bauch, aber sie nahm sie weg, als ich wach geworden war, und strich sich in einer beiläufigen Gebärde die Haare aus dem Gesicht.

»Gefällt es Ihnen?«

»Es ist sehr schön. Sie sind eine richtig gute Künstlerin.«

Sie schwieg und lächelte. Ich konnte ihr Gesicht fast so gut sehen wie die letzten beiden Male im Wald.

»Warum schenken Sie es mir?«

»Weil ich Ihnen zeigen will, dass Sie mich inspirieren. So, wie ich offenbar Sie inspiriert habe. Ich komme in Ihren Geschichten vor, und Sie kommen in meinen Bildern vor. Jedenfalls Ihre lustigen Kleinigkeiten. Die haben mich nämlich angerührt.«

»Wieso?«

»Weil ich glaube, dass Ihr Herz an ihnen hängt.«

»Das könnte sein. Ja. Das stimmt.«

»Ich finde, das sieht man ihnen an. Diese kleinen nichtsnutzigen Souvenirs lächeln, weil man sie gernhat.«

»Ist das Ihr Abschiedsgeschenk? Gehen Sie weg?«

»Vielleicht.«

»Warum sagen Sie nicht Ja oder Nein?«

»Weil ich das nicht kann, weil Sie das nicht wissen. Es ist Ihr Traum, und Sie trauen sich nicht, Ja oder Nein von mir zu hören.«

»Na, die Diskussion hatten wir schon öfter.«

»Eine Diskussion wäre es, wenn Sie mir widersprächen.«

»Dann eben: Das Thema hatten wir schon.«

»War das jetzt ein Widerspruch?«

»Eher eine Ergänzung. Eine Korrektur.«

»Dann kann ich das Thema vielleicht um einen Ratschlag erweitern: Erwarten Sie nicht mehr von sich selbst, als Sie geben können.«

Darauf wusste ich nichts zu sagen. Ich lag da und schwieg und wünschte mir ihre Hand auf meinen Bauch zurück.

»Ich hoffe, Sie gehen nicht weg. Ich würde Sie vermissen«, sagte ich schließlich, und darauf schwieg sie, zumindest eine Zeit lang, bis sie leise antwortete: »Das ist nett.«

Wieder schwiegen wir, und ich beherrschte mich, um nicht an sie heranzurücken. Sie saß auf meinem Bett, aber wir hatten keinen Kontakt. Ich hätte ihre Hüfte mit meiner berühren können, war mir aber sicher, dass sie das nicht wollte, denn sonst hätte sie sich gleich so gesetzt, dass diese kleine Distanz zwischen uns aufgehoben wäre.

»Irgendwann werde ich mir ein graues Tuch kaufen und damit in eine venezianische Kirche stolzieren. Und dabei an Sie denken. Ihre Geschichten sagen mir etwas über mich selbst, das ich zwar noch nicht verstehe, aber untersuche. Irgendwann werde ich es verstehen.«

»Das klingt jetzt leider wirklich nach Abschied«, sagte ich.

»Vielleicht«, sagte sie und beugte sich vor, brachte ihr Gesicht nah an meines und küsste mich schließlich nach einem kleinen Zögern auf den Mund.

»Das spüre ich«, sagte ich, als sich unsere Lippen wieder getrennt hatten.

»Ja«, sagte sie. »Ich habe vorhin gelogen. Ich träume Sie auch. Wir sind im Wortsinn ein Traumpaar. Vergessen Sie mich nicht. Und schlafen Sie gut.«

Ich hatte meine Hand erhoben, um sie festzuhalten, das sah jetzt, da ich wach war, lächerlich aus, theatralisch, ein bisschen billig, so als wollte man dem allerbegriffsstutzigsten Zuschauer der Szene zeigen, dass der Geist sich verflüchtigt hatte.

Ich setzte mich auf und versuchte, mich an ihre Lippen auf meinen zu erinnern, aber auch das gelang mir nicht. Mein Mund war trocken. Ich hatte Durst.

~

Den Tag über kam ich kaum zum Nachdenken. Während mein Auto in der Werkstatt war, machte ich die notwendigen Einkäufe in fremden Läden in fremder Umgebung zu Fuß, denn für die Handwerker sollte ich pünktlich um ein Uhr zu Hause sein. Das gelang nur fast, aber da auch sie sich verspäteten, fiel es nicht ins Gewicht.

Weil der Tag ohnehin schon fremdbestimmt und verloren war, setzte ich mich auch noch an die liegen gebliebene Post an Stromversorger, Bank und Steuerberater, und abends nach dem Essen schaute ich bei den Internetbuchhändlern nach neuen Rezensionen von Pauls Büchern.

Ich freute mich über manche und ärgerte mich über andere, wie jedes Mal wenn ich das tat, aber ich konnte es auf Dauer ebenso wenig lassen wie er. Einer warf ihm vor, seine Hauptfiguren seien immer wohlhabend und sympathisch, und abgesehen davon, dass das nur für drei oder vier seiner vielen Bücher galt, war es auch kein Merkmal für mindere Qualität. Paul hatte sich immer wieder mich als Vorbild für eine Figur vorgenommen, weil er eine bestimmte Art von Einsamkeit schildern wollte, die ihm fremd war, vor der er sich fürchtete, weshalb er sie heraufbeschwor und virtuell durchlebte, als könnte er damit eine Schuld bei mir abtragen, deren er sich vermutlich nicht einmal selbst bewusst war.

Und, bewusst oder nicht, diese Schuld existierte nicht. Er war für nichts verantwortlich, das mich betraf oder mein Leben definierte. Dafür, dass er im richtigen Leben gelandet war und ich nur nebenan, konnte er nichts, dass er lieben durfte und sich nicht nur sehnen musste, war einfach das, was sich ergeben hatte – so ist das Leben. Es ist das, was sich ergibt.

~

Nach der Hochzeit nahm ich meine winterlichen Berlinbesuche wieder auf, bis Karl starb und ich die Casa Vanelli an einen Reiseveranstalter verkaufte.

Ich lernte, zufrieden zu sein damit, dass ich meine Schwägerin ausführte, wenn Paul nicht wollte oder konnte, dass ich sie tröstete, wenn sie Streit hatten, dass ich sie, wann immer es nötig war, beschwor, nie an seiner Liebe zu zweifeln und nicht ihre eigene Frustration ernster zu nehmen als das Glück, den richtigen, einzigen und unverwechselbaren Menschen getroffen zu haben, die andere Hälfte.

Manchmal war ich stolz auf mich, und manchmal lachte ich mich für diesen Stolz auch aus. Und manchmal ertappte ich mich dabei, dass ich mir wünschte, wir drei würden zusammen alt werden. Nicht in einer Wohngemeinschaft oder direkter Nachbarschaft, aber als Vertraute, deren Loyalität niemals infrage gestellt werden würde. Es war gut so, wie es gekommen war. Es war das, was sich ergeben hatte.

Ihre forschenden Seitenblicke wurden seltener, aber sie verschwanden nie ganz. Manchmal war ich versucht, sie mit Fangfragen auszuhorchen, aber nie fielen mir passende Fragen ein, und immer wenn ich der Versuchung widerstanden hatte, war ich froh, unser tiefes Einverständnis nicht auf die Probe gestellt zu haben.

Den Fall der Mauer erlebte ich allein mit Anne, denn Paul war zu dieser Zeit für das Goethe-Institut in Lissabon. Jemand rief unten auf der Straße: »Die Mauer ist offen«, in den Fenstern der gegenüberliegenden Häuser gingen die blauen Fernsehlichter an, gleichzeitig öffneten sich immer mehr Haustüren, und die Leute kamen auf die Straße, um sich in Grüppchen zusammenzutun – ein Summen der Erregung war zu hören, und Anne und ich standen erschüttert am Fenster, bis wir uns entschlossen, den Fernseher einzuschalten.

Irgendwann weinten wir beide, als sich die Bilder des ratlosen und überforderten Schabowski mit denen vom Grenzübergang Bornholmer Straße und später auch vom Brandenburger Tor schon etliche Male abgewechselt hatten, und irgendwann sagte ich: »Ich geh zur Mauer.«

Anne blieb zu Hause, denn sie wollte Paul anrufen, dessen Fernseher im Hotelzimmer inzwischen dieselben Bilder in Endlosschleife zeigen würde.

Ich ging zur U-Bahn und fuhr nach Norden, Richtung Gesundbrunnen, und als ich ausstieg, war da schon die dichte Wolke von Zweitaktergemisch, die Schlange von Trabbis und Wartburgs hupend auf der Straße, das Rufen und Jauchzen der Spalier stehenden Westberliner und das selige Torkeln der fassungslosen Ostberliner, die einander in die Arme fielen oder Sekt in Pappbechern reichten.

Später, zu Hause in meiner Ferienwohnung, blieb ich wach bis in die frühen Morgenstunden, weil ich die ganze Zeit darauf hoffte, das Telefon würde klingeln und Anne würde sagen: »Ich will heut Nacht nicht allein sein.« Leider oder Gott sei Dank blieb es still, und ich sah ein, dass das richtig war. Ihr Leben war komplett. Es gab darin keine Lücke, die ich hätte füllen können.

~

Auf dem Markt am Samstagvormittag war von Chiara nichts zu sehen, vor ihrem Häuschen stand der Roller und sah verlassen aus. Das war natürlich Unsinn, denn er würde exakt gleich aussehen, wenn sie in zehn Minuten aus dem Haus träte und aufstiege. Aber das Bild und mein Traum hatten mich auf diese Spur gesetzt, und ich suchte nach Zeichen für ihr Verschwinden, obwohl es die nicht geben konnte.

Ich rahmte ihr Bild, musste dazu einen Passepartout schneiden, weil ich nur einen größeren Rahmen gefunden hatte, und tauschte es gegen einen Druck von Christos verpacktem Reichstag an prominenter Stelle in meinem Arbeitszimmer aus.

Der Tag fühlte sich jetzt schon leer an, weil ich keine Idee für eine Geschichte hatte, aber um den Gedanken, Chiara könnte weg sein, in den Bereich der Einbildung zu verweisen, holte ich eine alte Geschichte aus dem Ordner und bearbeitete sie. Ein junges Mädchen wundert sich über den peinlichen Stilwechsel ihres Vaters, der sich auf einmal wie ein Zwanzigjähriger kleidet, will das mit ihrer Freundin besprechen und wundert sich noch viel mehr über deren seltsame Reaktion.

Wenn eine Geschichte für sie auf dem Schreibtisch liegen würde, so dachte ich mir, dann konnte Chiara nicht weg sein. Es war eine Art Beschwörung.

~

Am Sonntag, als ich die Geschichte durchging, wurde mir klar, dass es weniger eine Beschwörung als vielmehr eine Art Beschäftigungstherapie gewesen war – ich hatte dem Text nichts hinzugefügt, was er wirklich brauchte, sondern nur hier und da eine Verzierung angebracht, die ich genauso gut wieder streichen konnte. Das tat ich.

Trotzdem ließ ich abends, nachdem ich Schokolade, Obst und Gummibärchen in der Küche deponiert und alle Fenster geschlossen hatte, den Ausdruck auf meinem Schreibtisch liegen und hoffte, alles würde so weitergehen wie bisher.

~

Magali erwartete mich in der Villa. Alles war schon dunkel, nur in unserem Stand-by-Büro war noch Licht, dort saß sie, mit einem Glas Wein, und wirkte bedrückt, und ich fiel gleich mit der Tür ins Haus: »Hast du Kummer?«

»Eher so eine Grübelei«, sagte sie und schenkte mir in das für mich bereitgestellte Glas ein. Sie stieß mit mir an, und ich wartete geduldig darauf, dass sie weiterreden würde.

»Bleibt jetzt alles so?«, fragte sie schließlich.

»Hast du Angst, es könnte wieder schlechter werden? Das kann es leider immer. Wir sind Unternehmer. Die können immer scheitern.«

»Nein. Das meine ich nicht.«

Sie trank einen Schluck und starrte vor sich hin. Vielleicht suchte sie nach einer Formulierung für das, was sie sagen wollte. Ich wartete, aber schließlich hatte ich den Eindruck, ich sollte weiterfragen.

»Fürchtest du, es könnte nichts Großartiges mehr kommen? Die Sensationen und Premieren und Höhepunkte lägen alle schon hinter dir und du müsstest ab jetzt mit

Erinnerungen und Echos und kleineren Glücksmomenten leben?«

»Ja. Das ist es so ziemlich genau, was mir durch den Kopf geht.«

»Falls ich jetzt herablassend klinge, musst du mir das verzeihen. Ich bin mehr als zwanzig Jahre älter als du, und ich muss den Kopf schütteln über Leute, die glauben, mit vierzig schon alt zu sein.«

»Wenn du jetzt sagst, man ist nur so alt, wie man sich fühlt, dann schütte ich dir den Wein ins Gesicht.«

»Du bist jetzt nicht alt und wirst es in zwanzig Jahren nicht sein. Aber wenn du willst, können wir dann noch mal darüber reden.«

»Du bist ein Gentleman.«

»Als Rüpel würde ich dasselbe sagen.«

Sie lächelte, trank den letzten Schluck, stand auf und behielt ihr Glas in der Hand, um es in den Speiseaufzug zu stellen.

»Können wir dieses Gespräch ab jetzt jeden Sonntagabend führen?«

»Mit dem gleichen Text?«

»Kleine Variationen dürfen vorkommen.«

Ich stand ebenfalls auf und stellte mein Glas ab. Sie hatte mittlerweile ihre leichte Jacke übergeworfen, kam zu mir her, legte eine Hand in meinen Nacken und küsste mich. Nur kurz. Aber auf den Mund.

»Soll ich dich ins Bett bringen?«

Ich schüttelte nur den Kopf.

»Dann werde ich nachher noch an dich denken.«

~

Montag: Wieder ein Klub von Geheimnistuern aus Straßburg, die am schönen Tisch die Köpfe zusammensteckten, um irgendeine wichtige Intrige zu spinnen oder ihre Pensionen aufzubessern.

Pünktlich um ein Uhr der Handwerkertrupp, der diesmal Klos und Spülkästen einbaute und es tatsächlich schaffte, alles bis halb sechs Uhr fertigzustellen. Das Putzen hinterher übernahmen George, Magali und ich, wir ließen dazu das Radio laufen und fühlten uns, als richteten wir eine gemeinsame Wohnung ein.

~

Dienstag: eine Gruppe von Architekturstudenten aus Nancy mit ihrer Professorin mittags, und abends kirchliche Würdenträger, die jedem katholischen Klischee entsprachen. Sie aßen viel und teuer, sie tranken noch mehr und noch teurer, und sie gaben sich so gravitätisch und würdevoll, dass man nicht wusste, wessen Ring man zuerst küssen sollte.

~

Mittwoch: ein Familientreffen und drei unverheiratete Paare mittags, und abends nur acht Gäste, die, bis auf ein altes Ehepaar, alleine an ihren Tischen saßen und sich Mühe gaben, dabei nicht traurig auszusehen.

~

Donnerstag: ein junger, soldatisch aussehender Mann, der auf der Treppe zum Schwimmbecken ausrutschte und sich eine Platzwunde am Kopf zuzog, die so heftig blutete, dass alle das Schwimmbecken verließen.

Abends wollte ich mich von Javier verabschieden. Er war schon im Waschraum, um sich in Camilla zu verwandeln, und zog sich eben mit einem Strohhalm eine Linie weißes Zeug in die Nase, als ich die Tür öffnete. Ich sagte zuerst nichts, schüttelte aber skeptisch den Kopf und raffte mich dann doch auf zu der Bitte, so was nicht mehr hier im Haus zu machen. Er nickte ernst und hob die Hand.

9

Ich musste auf der Fahrt nach Süden an Magalis melancholische Worte denken. Und mir fiel ein, dass ich fast dasselbe Gespräch vor mehr als zwanzig Jahren schon einmal geführt hatte. Mit Anne.

Sie war damals, Anfang der Neunzigerjahre, schon ans Pergamonmuseum gewechselt und glücklich mit der neuen Arbeit – endlich war sie die Studenten los und konnte sich der Wissenschaft widmen, anstatt sie nur zu vermitteln.

Ich hatte sie vom Museum abgeholt, und wir spazierten durch den Osten, weil sie mir das Nikolaiviertel und die Hackeschen Höfe zeigen wollte.

»Wie das hier wohl in zehn Jahren aussehen wird?«, fragte sie, mehr sich selbst als mich, aber ich antwortete trotzdem: »Nicht mehr so traurig.«

»Und ich?«

»Was meinst du? Wie *du* in zehn Jahren aussehen wirst?«

»Ja.«

»Zwei Lachfältchen mehr um die Augen und vier graue Haare.«

»Die färbe ich.« Sie lachte.

»Dass du dir Gedanken um dein Aussehen machst, erstaunt mich. Wenn jemand das nicht muss, dann du.«

»Das muss jede Frau. Du bist naiv.«

Wir wechselten das Thema, aber mich ließ der unglückliche Unterton nicht mehr los, den ich in ihrer Stimme gehört hatte. Da ich selbst alles dafür geben würde, mit ihr zusammen zu sein, fiel es mir schwer zu glauben, dass sie ihrem Anblick im Spiegel nicht dieselbe Zuneigung entgegenbringen mochte wie ich.

~

Bevor ich auf die Autobahn fuhr, hielt ich an und schob die CD *The Future* von Leonard Cohen ein. »Give me back my broken night, my mirrored room, my secret life. It's lonely here, there's no one left to torture.« Ich drehte laut und gab Gas.

~

Erst beim dritten Figürchen, das ich zurechtrückte, einer Mickymaus aus Gummi, die auf Lucky Lukes Pferd reitet, begriff ich, dass meine Befürchtung wahr geworden war. Chiara hatte mich verlassen. Ich hätte das schon unten in der Küche sehen können, alles, Gewürze, Essig und Öl, Kaffeedose und Wasserfilter, stand wieder irgendwie, irgendwo, ohne Verhältnis zueinander und zur Umgebung.

Der kleine Teller mit Schokolade, Gummibärchen und Obst war verschwunden, aber nichts davon war gegessen worden – ich fand die Trauben und die Schokolade später im Kühlschrank und die Tüte mit den Gummibären in der Schublade mit den Streichhölzern, Tempotaschentüchern und Einwegfeuerzeugen. Frau Wildenhain war offenbar kein Leckermaul. Oder sie wusste nicht, dass die Sachen für sie bestimmt gewesen waren. Na ja, waren sie ja streng genommen auch nicht.

Ich nahm den Stapel Papier auf meinem Schreibtisch und warf ihn in den Papierkorb. Es fühlte sich an, als hätte ich die letzte Geschichte meines Lebens geschrieben, als käme es darauf nun nicht mehr an, als spielte es keine Rolle mehr, ob oder wann Paul mich wieder bitten würde – als hätte ich mit meiner einzigen realen Leserin auch den Grund verloren zu schreiben.

Natürlich war das albern, aber ich war traurig, als hätte mich eine Geliebte verlassen. Gleichzeitig wusste ich, dass mich mit dieser jungen Frau nichts weiter verband, als dass sie mir ein gezeichnetes Lächeln und ein Aquarell mit nichtsnutzigen Souvenirs dagelassen hatte.

Auch ob sie meine Geschichten gelesen hatte, wusste ich nicht – der Stapel mit dem Spionagetrick konnte ihr auch heruntergefallen sein –, ich wusste nichts von ihr, außer dass sie einen schönen Hintern in Jeans, ein nettes, offenes Gesicht, ein dunkelblaues Sweatshirt getragen und gut Deutsch gesprochen hatte. Alles Weitere war in meinem Kopf geschehen, war reine Fantasie und hatte sich doch angefühlt wie Leben, hatte mich irritiert und erstaunt, mich auf Ideen und in Bewegung gebracht und mich nicht zuletzt aus der Eintönigkeit meines Alltagstrotts entführt. Ich hatte achteinhalb Wochen lang vergessen, dass ich seit nunmehr über dreißig Jahren in der Vergangenheit lebte.

~

Ich war noch in Volterra, Anne und Paul besuchten mich, und ich schloss mich ihnen für drei Tage an, weil ich gerade Zeit hatte zwischen zwei Gruppen. Der Mietwagen, wieder ein Fiat Panda, war zu klein für uns, deshalb ließen wir ihn bei der Casa stehen und nahmen meinen Volvo. Ich chauffierte die beiden zuerst nach Siena und dann, am nächsten Tag, nach Bagno Vignoni.

Paul und ich hatten diesen Ort als Studenten im Kino gesehen, in einem Film von Tarkowski, und weil sich die Bilder so magisch und mythisch in unserer Erinnerung festgesetzt hatten, wollte Paul ihn unbedingt besuchen.

Wir verbrachten den ganzen Nachmittag in der Therme, und ich versuchte, nicht allzu fixiert auf Annes Körper in dem blau gestreiften Bikini zu sein, weil ich die Vorstellung nicht loswurde, dass Paul, wenn er uns zusammen sah, an Florenz dachte.

Ich hatte von Siena aus telefonisch zwei Zimmer für uns bestellt, und wir wollten, als die Therme abends schloss, zum Hotel fahren, aber Anne hatte solchen Hunger, dass sie blass geworden war und zitterte, deshalb suchten wir eine Trattoria und aßen und tranken und redeten und rauchten und fühlten uns so wohl, dass wir erst aufbrachen, als das Lokal sich geleert hatte und der Padrone aufzuräumen begann.

Im Hotel eröffnete man uns mit Bedauern, die Zimmer seien vergeben worden, vor zwei Stunden, wir hätten uns nicht gemeldet, man habe angenommen, wir kämen nicht mehr. Der Portier telefonierte für uns mit allen anderen Hotels im Dorf, sogar mit denen in San Quirico d'Orcia, dem Hauptort, aber alles war belegt, und wir bedankten uns unter allseitigem Schulterzucken, gingen zum Auto und sahen uns zum wiederholten Mal entgeistert an.

Nach dem stundenlangen Baden in Thermalwasser, dem ausgiebigen Essen und Trinken waren wir alle drei so müde, dass wir uns am liebsten auf eine Bank am Kirchplatz gelegt hätten. Ich traute mir nicht mehr zu, nach Siena zurückzufahren, alle anderen größeren Städte, in denen man vielleicht jetzt in der Saison noch ein Zimmer hätte bekommen können, lagen noch weiter weg, also beschlossen wir, zurück zum Parkplatz bei der Therme zu fahren und dort ein paar Stunden im Auto zu schlafen. Bis einer von uns sich wieder zutrauen würde, zum Lago di Trasimeno, unserem nächsten Ziel, zu fahren. Anne oder ich. Paul hatte keinen Führerschein.

Wir packten alles Gepäck auf den Beifahrersitz, und ich schaffte es, unter Ächzen und Stöhnen und Schimpfen, die Rückbanklehne nach vorne zu wuchten, so dass die beiden sich hinten hinlegen konnten. Ich richtete mich auf dem Fahrersitz ein, nachdem ich die Fenster heruntergekurbelt hatte, ließ meine Kleider an, aber Paul und Anne zogen sich ihre Hosen aus, um sie als Kopfkissen zu benutzen, und deckten sich mit dem gefütterten Plaid zu, das ich als Unterlage für ein eventuelles Picknick mitgenommen hatte.

Die beiden schliefen sofort ein, ich hörte Paul leise schnarchen und sonst nichts. Kein Rascheln, kein Murmeln, nur von draußen das leise Zischeln des Windes in den Baumwipfeln.

Es war sehr unbequem, und ich glaubte, überhaupt nicht schlafen zu können, aber irgendwann musste es mir doch gelungen sein, denn als ich wieder zu mir kam, war ich derart verkrampft und verbogen, dass sich jeder Versuch, mich zu bewegen, als schmerzhaft erwies.

Ich musste wohl gestöhnt haben bei der Anstrengung, meine Glieder wieder mobil zu machen und möglichst leise die Fahrertür zu öffnen, denn Anne fragte mich plötzlich: »Kannst du nicht schlafen?«, während Pauls kleines Schnarchen weiter vor sich hin raspelte.

»Ich hab mich irgendwie verbogen«, sagte ich, »mir tut alles weh.«

»Leg dich zu uns. Ich kann noch ein bisschen rücken und ein bisschen Paul schieben, und dann passt du da auch noch rein. Das ist sowieso ungerecht, wenn wir den Luxusteil kriegen und du dir blaue Flecken holst.«

Ich öffnete und schloss die Fahrertür, so leise ich konnte, dann die Heckklappe, streckte mich neben Anne aus, die inzwischen ein Stück Decke so lang herübergezupft hatte, bis es halbwegs für mich mit reichte, und das ohne Paul zu wecken, ich drehte mich so, dass wir Rücken an Rücken lagen, und versuchte, meine Erektion zu ignorieren, die augenblicklich der unausweichlichen Berührung ihres Hinterns mit meinem entsprungen war.

»Geht das?«, fragte ich leise, und sie antwortete: »Klar geht das. Schlaf gut. Wir sehen bestimmt von oben aus wie Sardinen in der Büchse.«

Ich spürte mein eigenes Lächeln im Gesicht und versuchte, noch kerzengerader dazuliegen, nahm mir vor, auf den Schlaf zu verzichten, um stattdessen die Berührung mit ihrem Körper so lang wie möglich zu genießen, aber ich hielt nicht lange durch.

Als ich aufwachte, zwitscherten die Vögel, schien die Sonne, roch die Luft nach Oleander und Thymian, und Annes Hand hielt meine. Auf meiner Hüfte. Ihre Finger waren verschränkt mit meinen, und ihr Daumen schien sich ganz leicht in einem homöopathisch dosierten Streicheln zu bewegen.

Ich spürte eine Wärme durch meinen Körper gehen, die ganz eindeutig von ihrer Hand und ihrem immer noch an meinem anliegenden Hintern herrührte. Ich lag still, in der Hoffnung, den schönen Moment noch hinauszuzögern, aber es dauerte nicht lange, da hörte ich sie fragen: »Bist du wach?«

»Ja«, sagte ich, und ihre Hand ließ meine los, nach einem kleinen abschiednehmenden Druck.

»Du schnarchst genau gleich wie Paul«, sagte sie. »Das ist witzig.«

»Ich schnarche?«, meldete sich Paul jetzt mit verschlafener Stimme und einem Stöhnen, »das wüsste ich.«

»Eher nicht«, sagte Anne.

Es gelang mir den ganzen Tag über, am Lago di Trasimeno und abends in Orvieto, das Gefühl in meiner linken Hand zu bewahren, es blieb wie ein Summen oder Kitzeln erhalten und verschwand erst ganz, als die beiden anderntags wieder in ihrem Fiat Panda saßen und davonfuhren.

Seit diesem Morgen glaube ich, dass Anne weiß, wer das damals in Florenz war, dass sie unser Geheimnis teilt und billigt oder zumindest verzeiht, weil es doch trotz Lüge und Betrug zum richtigen Ergebnis geführt hat.

~

Ich stand am Fenster und sah den Zügen nach. In einem der weißen war Chiara vielleicht nach Süden gefahren, nach Hause, irgendwann zwischen vorletztem Mittwoch und gestern, und vielleicht hatte sie aus dem Fenster geschaut, um das Haus hier zu sehen, den Ort, an dem ein gezeichnetes Lächeln und ein Wuselbild mit Souvenirs an der Wand hingen und bezeugten, dass sie hier gewesen war.

~

Ich war mir sicher, ich würde nie mehr von ihr träumen, aber das stimmte nicht. Zwar redeten wir nicht mehr miteinander, aber immer wieder mal tauchte sie auf großen Plätzen in der Ferne auf, in Venedig, in Florenz, in Rom, und sie tauchte unter in der Menge, wurde kurz wieder sichtbar, und wenn ich versuchte, sie zu erreichen, war sie verschwunden. Sie trug jedes Mal ein graues Tuch um die Schultern. Und ein gelbes Kleid mit hellroten Schmetterlingen.